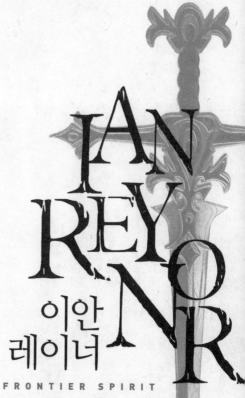

IAN REYNOR

이안
레이너

FANTASY FRONTIER SPIRIT

이휘 판타지 장편 소설

# 이안 레이너 6

## 이휘 판타지 장편 소설

초판 1쇄 찍은 날 § 2014년 7월 21일
초판 1쇄 펴낸 날 § 2014년 7월 28일

지은이 § 이휘
펴낸이 § 서경석

편집부장 § 권태완
편집책임 § 이효남

펴낸곳 § 도서출판 청어람
등록번호 § 제387-1999-000006호
등록일자 § 1999. 5. 31
어람번호 § 제1-1898호

주소 § 경기도 부천시 원미구 부일로 483번길 40 서경B/D 3F (우) 420-822
전화 § 032-656-4452  팩스 § 032-656-4453
http://www.chungeoram.com
E-mail § chungeorambook@daum.net

ISBN 979-11-316-9124-3 04810
ISBN 978-89-251-3719-3 (세트)

FANTASY FRONTIER SPIRIT

이휘 판타지 장편 소설

IAN REYNOR

이안
레이너

6

청어람
도서출판

# IAN REYNOR

이안
레이너

# CONTENTS

# 1장

너희들 마음대로 될 거 같냐?

헥토르가 순순히 물러나며 시간을 준 덕분에 이안은 헬카이드의 배꼽을 가로지르고 있을 적들을 맞을 시간을 얻을 수 있었다. 크리스토퍼 대공이라는 이름이 갖는 의미는 모르지만 거대 제국의 대공이라는 것만으로도 충분히 위협적인 존재로 다가왔다.

'크리스토퍼 대공… 일단 이 위기부터 넘기고 알아봐야겠군. 그자가 이 나라를 삼키려고 하고 있다면… 분명 다아크 공작과도 연결되어 있을 것이니.'

그가 헥토르의 반군이 이곳을 공격하는 것을 사전에 알았다면 누군가 그것을 알려준 이가 있다는 뜻이었다. 그것도 이 렇게 일이 벌어지도록 꾸민 이가 알려줬을 가능성이 컸다. 그 게 아니라면 이렇게 딱딱 맞춰서 올 수 없어야 정상이었다.

"주인! 어떻게 할까? 나쁜 놈들이니 나도 싸울 거다."

에일리는 나쁜 놈들이 접근하고 있다고 한 아레나의 말을 듣고 전투의지를 다졌다. 요새 들어서 헬카이드의 배꼽에는 몬스터들의 개체수가 급격하게 줄어 있었다.

독립여단의 병사들이 샤베른을 이끌고 사냥을 한 것도 있 었고 겁 없이 드워프 마을로 접근했다가 마동포의 제물로 죽 어나간 것들도 상당했다.

'하긴 요즘 할 일이 없어서 심심하기는 했겠다.'

에일리의 일과는 하루 종일 아레나로부터 가디언으로서 해야 할 일들을 배우는 것이 전부였다. 활동적이고 단순한 에 일리로서는 무척이나 힘들고 지루한 시간의 연속이었을 것이 다.

"에일리, 너도 싸울 준비하고 있으렴."

"카웅! 알았다, 주인!"

에일리는 날카로운 발톱을 혓바닥으로 핥으며 전투 준비 에 들어갔다. 그런 그녀를 뒤로한 채 이안은 드워프 전사들에 게 달려갔다.

"이안! 자네 덕분에 한숨 돌렸네."

이안이 헥토르 후작을 막아주어 버틸 수 있었다는 생각인
지 그렇게 고마움을 표하는 아이언핸드에게 미안한 마음이
앞섰다.

이번 싸움은 전적으로 자신이 마동포를 만들어달라고 의
뢰한 탓에 일어난 일이지 않은가.

"죄송합니다. 제가 괜히 마동포를 만들어 달라고 해
서……."

"그런 말 하지 말게. 우리에게도 반드시 필요한 무기가 마
동포이네. 그걸 지키기 위해서 싸우는 거라면 우리도 반드시
같이 싸워야지. 만든 걸 빼앗기는 건 드워프라고 할 수 없는
법일세."

아이언핸드는 이안을 배려하는 차원이 아닌 진심으로 마
동포를 지키기 위함이라면 당연히 싸워야 한다는 주인의식을
내보이고 있었다.

"후후! 그래도 감사합니다."

"원 사람하고는……."

아이언핸드는 이안의 등판을 두드리며 껄껄 웃고 말았다.
그러나 이내 이안이 표정을 굳히며 뭔가 말하려고 하자 덩달
아 웃음을 멈추었다.

"무슨 일이 있는 것인가?"

"예, 처음 습격한 자들은 헥토르 후작이었습니다. 그가 물

러난 이유는 로크 제국 쪽에서 새로운 습격자들이 등장했기 때문이죠."

"응? 또 온다는 건가?"

"그렇습니다."

"끄응… 아직 수습도 하지 못한 상황인데… 별 수 없지!"

아이언핸드는 기사들의 습격으로 인해서 마을로 들어서는 동굴 입구가 많이 부서진 것에 인상을 찌푸렸다.

"가용할 수 있는 마동포가 몇 대나 됩니까?"

"지금 남은 것은 입구에 배치된 12문과 아직 각인하지 않은 마동포 30대가 있네."

각인하지 않은 것은 사용할 수 없었다. 이안이 마법 각인을 하여야만 비로써 마동포로서의 위력을 보일 수 있는 것이다.

"음… 일단 각인하지 않은 마동포를 여기로 모아주십시오. 최대한 각인을 해서 만에 하나라도 이곳으로 뚫고 들어오는 적들을 막아야겠습니다."

"그렇게 해주겠나? 그러면 나도 마음이 좀 놓이겠네."

마동포, 특히 새롭게 다운그레이드한 마동포는 위력은 좀 약해도 크기가 작아져서 방어 목적으로 사용하기에는 이전의 마동포보다 훨씬 유리했다.

작은 만큼 좁은 동굴 통로에 더 많은 수를 배치할 수 있으니 말이었다.

'최상급 인공 마나석이 아니었다면 이겨내기 어려웠을 것이다. 하아… 빨리 서클을 올리던지 해야지…….'

지난 시밀로프 후작과의 싸움에서도 이안은 최상급 인공 마나석으로 무한대에 가까운 마법을 사용했었다. 수천 번에 달하는 디그 마법으로 땅을 팠었고 수백 개의 마법진에 마나를 불어넣을 수 있었다. 그게 아니라면 결코 승리하지 못했을 거라 생각에 자괴감에 휩싸였다.

'기물에 의지하여 싸우는 것은 완전한 승리가 아닌 것을…….'

이안은 더욱 수련에 박차를 가해야겠다는 생각에 쓴웃음을 지으며 드워프 전사들이 가지고 오는 마동포에 마법 각인을 펼쳤다.

한손에 들고 있는 최상급 마나석에서 계속해서 마나를 뽑아 쓴 덕분에 마나서클에 잠재되어 있는 본인의 마나는 하나도 쓰지 않을 수 있었다.


'이곳에 그가 있다는 말이지?'

크리스토퍼 대공의 밀명을 받고 헬카이드 산맥을 가로지는 일행 중에 섞여 있는 슬로터 백작은 무심한 눈빛으로 어딘가에 있을 그를 떠올렸다.

'참으로 대단한 적수였는데 말이야…….'

그때의 패배로 슬로터 백작은 반년은 족히 요상해야 할 내상을 입었었다. 그러나 크리스토퍼 대공이 내려준 비약으로 그 내상을 치료했고 오히려 이전보다 더 원활하게 마나를 다룰 수 있게 되었다.

지금이라면 능히 그때의 패배를 되갚아줄 수 있을 거란 믿음도 그 때문이었다.

"무슨 생각을 그리 하는가?"

슬로터 백작은 뒤쪽에서 다가오며 묻는 제프벡 백작을 돌아보며 심드렁하게 대답했다.

"별일 아닐세."

"흐흐! 꼭 바람난 서방을 기다리는 여편네 같은 표정을 하고 있어서 말이야."

"끄응……."

제프벡 백작의 말대로 슬로터 백작의 얼굴에는 분노와 울분, 그리고 상대방에 대한 묘한 그리움 같은 것이 복합적으로 떠올라 있었다.

"그렇게 강한 상대였던가?"

"강하지."

"크크! 자네가 그런 말을 하니 어서 빨리 겨뤄보고 싶구만."

"너무 쉽게 생각하지 말게. 그 어린 친구는 정말 강하거든."

제프벡 백작은 자신의 호적수로 불리는 슬로터 백작의 말에 빙긋 미소를 지으며 걸음을 재촉했다.

　쿠워어어어!

　강렬한 포효 소리가 전방에서 들려왔다. 지금까지 헬카이드 산맥을 관통하면서 수많은 몬스터들을 도륙했지만 이 정도로 강력한 기운을 흘리며 포효하는 몬스터는 드물었다.

　"먼저 가겠네."

　"가지."

　두 사람은 크리스토퍼 대공의 밀명을 받고 투입된 200명에 달하는 특수기사단을 제치고 앞으로 튀어 나갔다.

　"헐… 트윈헤드 오우거라니……."

　"이곳의 마나가 유난히 강한 것을 보면 능히 있을 수도 있지 싶네."

　"하긴."

　트윈헤드 오우거는 오우거의 변종으로 그 강력함이 일반 오우거의 서너배에 달하는 강력한 몬스터였다.

　일반 오우거를 상대하는데 중급의 익스퍼트 기사가 대여섯 명이 필요하니 그 강력함은 최소 최상급은 되어야 맞상대가 가능할 정도의 괴물 중의 괴물이었다.

　"헐! 또 온다!"

　슬로터 백작은 이 땅에 무슨 문제가 있음을 직감했다. 그렇

지 않고서야 저렇게 강력한 트윈헤드 오우거 여러 마리가 나
타날 이유가 없었다.

"속전속결!"

"내가 우측을 맡지."

두 사람은 등에 메고 있던 거대한 워소드를 꺼내 양손으로
잡으며 흉성을 터뜨리며 접근하는 트윈헤드 오우거를 향해
공격을 퍼부었다.

파팟! 부앙! 쎄에엑!

두 마스터는 몇 번의 도약으로 스피드를 올린 후 오우거의
몇 미터 앞에서 공중으로 치솟아올랐다. 그리고 번개처럼 워
소드를 쳐내며 트윈헤드 오우거의 옆을 스치듯이 지나갔다.

"쿠워어어!"

비명을 지르는 트윈헤드 오우거의 두 머리 중에 하나가 바
닥으로 떨어져 내렸다. 고통에 흉성을 폭발시킨 오우거는 거
대한 몽둥이를 거칠게 휘둘렀다.

몽둥이라고는 해도 5미터가 넘는 커다란 나무를 통째로 뽑
아놓은 것 같은 무기였다. 그런 것이 휘둘러지자 뒤로 빠져나
갔던 두 사람은 좌우로 퍼지며 공세를 피했다.

"이크! 목이 하나 잘려도 안 죽나본데?"

"마저 잘라야지."

"그럼 다시 공격해 보자고! 하압!"

두 사람은 농담을 주고받으며 지면을 박차며 공중에서 신형을 틀어 나무 몽둥이를 휘두르며 공격하는 트윈헤드 오우거를 향해 쇄도해 들어갔다.

쎄엑! 쉬쉬쉿!

1미터가 넘는 이글거리는 오러를 휘둘러 5미터에 달하는 오우거의 거체를 그대로 갈라버리는 두 사람의 검세는 언뜻 단순해 보이지만 그만큼 오랜 수련을 통해 단련된 안정적인 자세와 기세가 살아 있었다.

스륵! 쿠웅! 쿠쿵!

두 구의 오우거의 시체가 반으로 갈라진 채 쓰러질 때 두 사람은 안전하게 지면에 내려섰다. 인간의 움직임을 넘어선 초인들의 승리에 그들을 따라온 기사들과 마법사들은 경의로운 표정으로 두 사람을 쳐다보았다.

"크크! 쑥스럽구만."

"이럴 시간이 없어. 얼마나 더 많은 몬스터들이 피 냄새를 맡고 올지 모르니 어서 가자고."

"그러세나. 흐흐흐!"

두 사람은 검을 거두지 않은 채 길을 뚫기 위해서 선두에 나섰다. 그들이 기감을 열고 나아가자 크리스토퍼의 휘하 기사들은 한결 편안하게 드워프 마을로 향할 수 있었다.

'저 소리는 트윈헤드 오우거의 비명 소리… 벌써 오우거 지역을 넘어서는 건가?'

밤의 헬카이드의 배꼽은 분지지형의 특성을 그대로 드러낸다. 오우거 정도의 몬스터가 내지르는 포효 소리는 메아리치듯이 울리며 안에 있는 모든 이들에게 전달되어졌다.

'오우거 지역을 지나면 바로 아레나의 던전을 스치듯이 지나 이곳으로 오게 되는데…….'

아레나의 던전은 막대한 마나가 흘러나오는 곳이기에 마스터 정도 되는 사람들이라면 도저히 그냥 지나치기 어려운 곳이었다.

'아레나의 던전에서 막는다. 그 외에는 방법이 없어.'

아직 대단위 결계마법을 펼칠 정도의 실력은 되지 않아서 아레나의 던전을 막을 수 없었다. 고작해야 입구에 걸어놓은 현혹마법진과 이미지 미러 마법진이 전부였다.

"에일리, 던전으로 간다!"

"웅? 던전? 알았다."

에일리는 던전으로 간다는 이안의 말에 약간 걱정스러운 표정을 지었지만 이내 알았다는 말을 하며 그의 뒤를 따랐다.

파파파파팟!

순식간에 최고의 스피드를 내며 달리는 이안의 질주에 에일리는 점점 거리가 벌어지자 야수형으로 변신하여 달렸다.

이안이 준 로브는 어느새 그녀의 입에 물려 있었고 가까스로 이안과 나란히 달릴 수 있었다.

'일단 어떤 실력자들이 왔는지 알아야 한다. 지금으로서는 마스터가 한 명이면 막겠지만 그 이상이라면… 방법이 없다.'

아무리 자신의 실력이 올라갔다고 해도 마스터와 일대일로 싸우는 것은 모르지만 그 이상의 실력자들이 가세했다면 무리였다. 만약 그럴 경우라면 어떻게 막아야 피해 없이 적들을 격퇴시킬 수 있을지가 관건이었다.

—마스터, 어서 오세요.

던전의 위에 도착하자 아레나의 음성이 들려왔다. 던전의 마스터가 된 이후로 던전에 근접하면 아레나와 대화가 가능했기에 공간이 달라도 상관없었다.

"아레나! 레이첼 님이 남긴 던전의 방어 마법진은 상태가 괜찮나?"

혹여 자신이 밀릴 경우 던전으로 적들을 유인하여 잡을 생각으로 물었다.

—물론이에요. 지금 마스터의 수준이라면 충분히 막을 수 있어요.

"응? 내 수준? 큭!"

자신의 수준이라면 아레나의 던전을 외부에서 뚫을 수 있는 인간이 없다는 소리였다.

자랑은 아니지만 자신과 같은 실력을 소유한 이들이 전 대륙을 통틀어도 10명이 채 안 될 것이었다.

그런 실력자들을 충분히 막는다면 어느 정도의 전력으로 밀어붙여야 할 것인지 답이 나오지 않았다.

"알았어. 일단 이곳으로 접근하고 있는 놈들을 상대해 보고 안 되겠다 싶으면 던전으로 유인할 테니 모든 기관과 마법진들을 활성화시키도록 해."

─맡겨주세요, 마스터!

아레나의 당당한 음성에 이안은 조금이지만 마음이 놓였다. 크리스토퍼 대공의 수하들과 드잡이질을 하느라 헥토르의 공격에 무방비가 되는 것은 아닌지 걱정했던 것이 해소되는 순간이었다.


팟! 파팟! 파앗!

슬로터 백작은 전방에서 들려오는 기이한 소음에 청력을 돋웠다. 누군가 움직이는 아주 미약한 소리가 신경을 거슬리게 만든 것이다.

'이 정도로 움직일 수 있으려면 야수여야 가능하다. 인간이 이 정도로 움직일 수 있다면 그건 적어도 나보다 윗줄의 실력을 가져야 가능하다.'

슬로터 백작은 자신의 실력을 자만하던 때가 있었다. 그러나 지난 마스터 대전에서 이안에게 패한 이후 자신의 실력을 다시 한 번 되돌아볼 수 있었다.

그리고 세상에는 수없이 많은 강자들이 있고 더 노력하지 않는다면 그들에 의해서 흔적도 없이 사라지게 될 것임을 자각했다.

"느꼈나?"

슬로터 백작은 자신과 같은 소리를 들은 제프벡이 약간 긴장한 듯이 묻는 것에 고개를 끄덕이는 것으로 대답을 대신했다.

"일단 어떤 존재인지 알아봐야 할 거 같으니 내가 우측으로 접근하겠네. 자네가 좌측을 맡게."

"그러지."

두 사람은 소리의 주인이 마지막으로 낸 곳을 향해서 순간적으로 힘을 폭발시키며 튀어나갔다.

'어디냐… 어디에 있는 거지?'

슬로터 백작은 패검을 다루는 마스터답게 무척이나 저돌적인 움직임을 선보였다. 장대한 체구가 적을 향해 돌진하는 멧돼지처럼 우악스럽게 달려 나가며 소리를 낸 의문의 적을 찾았다.

'마스터가 둘이나? 저놈은… 슬로터 백작!'

이안은 일부러 기척을 내서 마스터를 유인했는데 그 안에 슬로터 백작이 끼어 있자 고개를 가로저었다.

지금도 싸운다면 슬로터 백작을 이길 자신은 있었다. 하지만 마스터가 둘인 상황이라면 싸울 경우 필승을 자신할 수 없었다.

'필승할 수 없다면 아레나의 던전으로 유인하는 것이 낫다.'

저들을 유인하려면 방법은 오직 한 가지뿐이다. 자신의 존재를 노출시켜 저들이 무조건 잡아야 할 적임을 알게 하는 것이었다.

"메모라이즈, 라이트닝 스트라이크!"

후웅! 파츠츠츠측! 콰앙! 콰쾅!

이안은 달려오며 자신을 찾는 슬로터 백작을 향해서 메모라이즈 해놓은 마법을 날렸다.

5클래스의 대인마법 가운데 가장 강력한 마법인 라이트닝 스트라이크는 대기 중에서 시작된 번개가 대상을 향해서 직격하는 마법이다.

피하기도 어렵고 피해낸다고 해도 전격계열 마법의 특성상 뇌기가 사방으로 퍼지며 적에게 스플래쉬 데미지를 입힌다.

"크윽! 누, 누구냐!"

슬로터 백작은 마법이 운용되는 것을 느끼자마자 그 대상이 자신임을 깨달았다. 급속도로 움직여 마법 공격을 피해냈지만 뇌기에 상당한 타격을 입어야 했다.

"거기까지. 더 이상 들어오면 안전을 장담하지 못한다. 돌아가도록, 슬로터 백작!"

이안이 모습을 드러낸 것은 그들과의 거리가 100여 미터 떨어진 지점에 위치한 나무 위에서였다.

"레이너 백작… 으득!"

슬로터 백작은 이안을 보고 이를 갈았다. 자신에게 패배라는 쓰디쓴 단어를 맛보게 한 남자, 그리고 지금은 자신에게 마법을 날리며 경고를 날리고 있는 자였다.

"오호라! 저자가 레이너 백작인가? 그럼 무조건 잡아야 하는 거네? 타앗!"

슬로터 백작이 이를 바드득 가는 그 순간 제프벡 백작이 공간을 가르듯이 쏘아져 나갔다.

그는 슬로터를 패배시킨 이안을 자신의 손으로 꺾어서 진정한 강자는 자신이라는 것을 다른 두 사람에게 각인시키고 싶었다.

'한방 크게 먹이고 물러서야 한다… 그래야 쫓아올 테니.'

이안은 이를 앙다물고 모든 마나를 검에 실었다.

웅웅거리며 피어오르는 오러가 1미터를 넘어설 때 이안의 입에서 기합성이 울려 퍼졌다.

"브레이브소드 12식 디스트로이어!"

후앙! 쎄에에에엑!

이안의 검에서 시작된 강력한 오러의 검이 막아서는 모든 것을 부술 듯이 강렬한 기운으로 공간을 가르며 나아갔다.

"헛! 오러디펜스!"

손목의 힘을 이용하여 워소드를 빠르게 휘둘러 오러의 방패를 만들어냈다. 그 위로 퍼부어지는 공격에 연신 뒤로 쿵쿵거리며 물러서야만 했다.

"내가 돕겠다! 타앗!"

제프벡이 이안의 공격에 연신 뒤로 물러나는 것에 슬로터 백작이 나섰다.

그가 검을 빠르게 휘둘러 이안을 공격해 들어오자 별 수 없이 공격을 멈추고 물러서야 했다.

"라이트닝 쇼크웨이브!"

이안은 물러서며 거리를 벌리기 위해 마법을 사용했다.

뇌전으로 이루어진 충격파가 퍼져 나가자 슬로터 백작도 공격 대신 오러로 방어막을 만들며 수비에 나섰다.

타타타탓! 파팟!

그 순간을 이용하여 이안이 무섭게 치고 나가며 두 사람을 따돌리고 아레나의 던전으로 달렸다.

"쫓아!"

"이놈! 가만두지 않겠다!"

두 사람은 이안이 도망가는 것에 기세가 살아 맹렬하게 추격에 나섰다.

헤이스트 마법까지 건 이안의 속도가 월등히 빨랐기에 세 사람이 벌리는 추격전은 조금씩 거리가 벌려지는 가운데 아레나의 던전 앞까지 이어졌다.

"고블린 같은 놈! 네놈이 마스터라면 도망치지 말고 당당히 싸워라!"

한 번의 공격에 약간의 손해를 본 제프벡 백작은 욕설을 퍼부으며 도망가는 이안을 도발했다.

발끈하여 싸우게 하려는 의도가 다분히 담긴 발언이었지만 이안은 신경도 쓰지 않은 채 아레나의 던전 앞에 도착했다.

'이제야 보이는군.'

그동안 거리가 점점 벌어져 바위기둥에 가려 보이지 않던 두 마스터가 시야에 들어왔다. 그들이 보이자 손가락을 가로로 저으며 고개까지 흔들었다. 다분히 도발하고자 하는 의도가 담긴 행동을 남긴 후 이안은 던전 안으로 뛰어 들어갔다.

"저저… 잡히면 가만두지 않겠다!"

제프벡은 오히려 이안의 도발에 발끈하며 더욱 속도를 높였다. 그가 대책 없이 던전 안으로 진입하자 말리려 하던 슬로터 백작 역시 따라 들어가야 했다.

"던전의 방어 마법진을 모두 가동하도록!"

—네, 마스터.

아레나는 이안이 들어 온 직후 두 명의 추적자가 들어오기를 기다리고 있었다.

그러던 차에 이안이 명령하자 곧바로 방어 마법진을 모두 가동하고 드워프들이 만들어 놓은 방어기관까지 작동시켰다.

"제프벡 백작! 그만 멈추게!"

"조금만 더 빨리 쫓아가면 잡을 수 있다니까 그러네."

제프벡은 마지못해 멈추면서 뒤를 돌아보며 투덜거리듯이 말했다. 그러나 이내 안을 살피다 바짝 긴장하는 모습을 보였다.

"이런… 일반 동굴이 아니네……."

쫓아 들어올 때까지만 해도 아무런 특징이 없는 그냥 자연적으로 뚫린 동굴 정도로 생각했었다. 그러나 걸음을 멈추고 살피니 자연적인 동굴이 아닌 인위적으로 만들어진 동굴임을 알 수 있었다.

쿠그그그긍!

두 사람은 깜짝 놀라 뒤를 돌아보았다. 그러나 이미 입구 쪽에 내려앉은 두꺼운 강철문은 바닥으로 내려앉은 후였다.

그리고 계속해서 몇 미터 간격을 두고 철문이 바닥으로 내려왔다.

"하, 함정……."

"젠장!"

두 사람은 이안이 자신들을 함정으로 유인했다고 판단했다. 내려앉는 두꺼운 철문은 오러로 자르면 가능할 것도 같지만 벌써 10여 개에 달하는 철문으로 막힌 상황이었다.

그것들을 다 자르면 마나는 바닥을 보일 것이고 적인 이안에게 고스란히 당할 수밖에 없었다.

"일단 내가 철문을 잘라보지. 자네는 마나를 아끼게."

슬로터 백작의 말에 제프벡 백작도 사태의 심각성을 인식했는지 대답 없이 고갯짓을 보인 후 이안이 도망간 안쪽을 막아서는 자세를 취했다.

"타압!"

후웅! 카카카카카캉!

오러가 두꺼운 강철문과 충돌했다. 의당 오러에 의해서 잘려나가야 할 강철문에서 난 소리는 시전자가 원했던 소리가 아니었다.

"크윽!"

오러에도 생채기 정도만 남기며 버티고 있는 철문의 존재에 슬로터 백작은 욱씬거리는 손목을 부여잡으며 인상을 찡그렸다.

"저, 저게 도대체 무슨 금속이기에……."

"나도 모르지. 하지만 일반적인 강철은 아니란 것은 확실하네."

일반적인 강철이라면 아무리 두꺼워도 오러에 의해서 잘려나가야 한다.

그렇지 않고 버티는 것을 보면 다른 합금이든가 그 어떤 마법적인 처리가 된 것을 의미했다.

"저리 비켜보라고."

후앙! 콰드드등!

"크읏… 뭐 이런 게 다 있어!"

제프벡 백작이 거칠게 후려친 강철판을 확인하고 고개를 절레절레 내저었다.

오러에도 잘리지 않는 강철판이 있다는 것이 믿겨지지 않는 얼굴이었다.

"어떻게 할까?"

"나도 모르겠네. 하지만 확실한 것은 이곳에 있어봤자 해결되지는 않는다는 거겠지."

"흐음… 그럼 방법은 하나군. 계속해서 레이너 백작, 그자를 따라 들어가는 것."

"아마도!"

두 사람은 의견의 일치를 확인한 후 곧바로 검을 뽑아든 채 이안이 사라진 동굴 깊숙한 곳으로 이동했다.

덜컥! 쎄에에엑!

"조심!"

"흐랏!"

좌우 양측에서 쏘아진 강철로 이루어진 화살이 두 사람을 향해서 맹렬하게 날아들었다.

돌로 이루어진 석판이 연결된 길의 어느 지점을 밟았을 때 이루어진 공격이었고 두 사람은 미친 듯이 검을 휘둘러 강철 화살을 잘라냈다.

"아무래도 재수 더럽게 된 거 같은데?"

"던전 같네. 그것도 엄청난 존재가 만든 던전이 확실해."

"내가 봐도 그렇게 보이는군."

두 사람은 자리에 우뚝 멈춰 서서 인상을 구겼다. 계속해서 들어가자니 심력의 소모가 너무 극심했다.

별 거 아닌 화살 공격이나 투창 공격이라고는 해도 방심하면 자칫 당할 수 있는 문제였다.

그러다 보니 항상 바짝 긴장해야 했고 그것은 심력과 마나의 소모로 이어졌다.

쿵! 쿠쿵! 쿠쿠쿵!

연속적으로 들려오는 충격음에 두 사람은 소리가 들린 곳을 향해 고개를 틀었다.

그러자 자신들이 지나온 곳에서 이루어지고 있는 황당한 상황에 입을 헤벌렸다.

"미친⋯⋯."

"뛰자고!"

두 사람은 별 수 없이 뛰어야 했다. 천장이 내려앉으며 공간이 사라지고 있었기 때문이었다.

천장의 재질 역시 오러로 잘라내지 못했던 강철벽과 같았으니 이대로 있다가는 압사당할 판이었기 때문이었다.

파팟! 파파팟!

압사당하지 않기 위해서 두 사람은 필사적으로 뛰어야 했다.

좌우에서 날아드는 무수한 암기 세례를 뚫고 나아가야 하는 터라 그 고충은 말로 형용할 수 없을 정도로 힘들게 이루어졌다.

"으득! 잡히기만 해봐라⋯ 아주 아작을 내주마!"

이를 바득바득 갈며 암기 세례를 돌파해 나가는 두 사람은 길고 길었던 통로가 끝나고 새로운 공간이 나타나는 것에 희망적인 눈빛을 내보였다.

"저거 문 같은데 말일세."

"으음… 문이라…….."

갑작스런 문의 등장에 두 사람은 바짝 긴장했다.

뒤쪽에서 천장이 내려앉고 있었기에 시간이 그리 많지 않았다. 어떻게든 저 묵직해 보이는 강철문을 통과해야 했다.

"이걸 어떻게 여는 거지?"

"낸들 알겠나."

"하아… 미치겠군."

두 사람은 강철문을 열기 위해 안 돌아가는 머리를 맹렬하게 굴렸다.

그러나 답이 나오지 않았고 뒤쪽에서 내려앉는 천장은 계속해서 자신들을 향해서 밀려오고 있었다.

"이보게!"

"응? 왜 뭐라도 찾았나?"

"이걸 보라고."

제프벡 백작이 가리키는 곳으로 시선을 돌린 슬로터 백작은 굳게 닫힌 것으로 보였던 강철대문이 살짝 벌어져 있는 것을 보았다.

"잘하면 열릴 수도 있겠군."

"어서 해보자고. 시간이 없네."

마스터의 반열에 오른 두 사람은 일반인과 다를 바 없는 모습이 되어 강철문의 틈에 손가락을 집어넣고 양쪽에서 있는 힘껏 벌렸다.

끼잉… 끼기기기깅!

처음에는 굳건하게 버티던 철문도 이를 앙다물고 얼굴에 혈관이 터져나갈 듯이 변한 두 사람의 용쓰는 모습이 가상했는지 서서히 좌우로 열렸다.

"돼… 됐다!"

"으하하하! 살았다, 살았어!"

두 사람은 철문이 열리자 얼른 그 안으로 뛰어 들어갔다. 그러자 열렸던 문이 다시 닫혀버리고 전혀 새로운 공간이 두 사람에게 펼쳐졌다.

"이, 이건 또 뭐지?"

"하아… 꽉 막힌 공간이라니……."

산넘어 산이라고 두 사람이 들어선 곳은 가로 세로 100미터 정도의 정사각형의 석실로 그 어디에도 문이라는 것이 존재하지 않았다.

자신들이 들어섰던 처음의 문을 제외하고는 말이었다.

# 2장

그만 항복하는 게 어때?

  이안은 두 사람이 새로운 석실로 들어선 후 어이없어 하는 표정을 짓는 것을 아레나가 띄워놓은 마법영상을 통해서 보고 있었다.

  두 사람이 처음 관문을 돌파하는 것도 보았는데 무척이나 재미있는 영상이라는 생각이 들었다.

  "다음 관문은 뭐지?"

  ─환영 마법진입니다. 마스터라고 해도 저 마법진에 걸리면 진이 쏙 빠지실 거예요.

  "그래? 후후후!"

진이 쏙 빠질 정도의 마법진이라는 말에 이안은 고개를 가볍게 흔들었다. 자신도 마법사이기에 환영 마법진이 일으키는 무서운 환상을 익히 알고 있었다.

'대마법사 레이첼 님이 만들어 놓은 마법진이니 그 위력이 상당할 것이다. 내가 만드는 마법진만 해도 일반 병사들이 미쳐서 자살을 할 정도이니.'

인간의 의지가 강할수록 환영 마법진을 이겨낼 확률이 높았다.

마스터에 오른 지고한 실력자들이라면 그들이 가지고 있을 정신력은 보통 인간의 수배에 달하는 것일 테지만 문제는 마법진을 만든 사람의 실력도 그만큼 올라가 있다는 거였다.

─시작합니다.

"좋아, 마법진을 가동하도록!"

이안의 명령에 아레나는 공동 석실의 마법진으로 마나를 불어넣었다. 그러자 영상 속의 석실은 온통 마법진에서 일어나는 불빛으로 환하게 빛났다.


"이, 이런…. 이게 도대체 뭐야!"

"조심하게!"

마법진이라는 것이 그냥 일어날 리 없었다. 그러니 무언가 작용을 할 것이고 침입자인 자신들에게 이로울 까닭은 전무

했다.

"음… 도대체 무슨 마법진이기에…….."

한동안 기다려도 아무런 반응이 없었다. 빛이 난 것은 맞지만 그 이후로 아무런 물리적, 마법적 효과가 자신들에게 나타나지 않았던 것이다.

'갑자기 오싹해지는데…….'

슬로터 백작은 갑작스럽게 느껴지는 차가운 한기에 주위를 살폈다. 마스터의 오감을 자극하는 존재가 등장했다면 상당히 무서운 적일 거라는 생각에 바짝 긴장했다.

―흐어어어… 흐으으으…….

연속으로 들려오는 소리는 분명 귀를 통해서 들려오는 소리가 아니었다.

뭔가 심령을 자극하는 듯한 그 소리에 슬로터 백작은 등줄기로부터 짜릿한 느낌이 올라와 머리카락까지 치솟는 느낌이었다.

―네놈이야… 네놈이 날 죽였어… 흐어어어!

슬로터 백작은 정체를 드러내지 않고 심령을 자극하는 듯한 음성이 뇌리에 계속해서 울리자 이를 앙다물었다.

휘리리리릿!

그리고 허공에서 나타난 수많은 영혼들이 슬로터 백작을 향해 쏟아져 나갔다.

"저, 저자는!"

슬로터 백작은 예전 자신의 손에 죽어나갔던 기사 하나를 기억했다. 분명 그의 모습을 한 영혼이 피를 철철 흘리는 악령의 모습이 되어 자신을 향해 쇄도해 들어오는 것이었다.

─죽어라~ 악적!

악령이 된 그가 어둠의 기운이 물씬 풍기는 검을 휘둘러 자신을 공격하려 하자 슬로터 백작은 자신도 모르게 움직이며 그 공격을 피해냈다.

"빌어먹을! 감히 유령 따위가!"

슬로터 백작은 유령이라고 해도 오러에 의해서 타격을 받는다는 것을 알고 있었다.

영적인 존재에게 물리적인 타격은 가해지지 않지만 자연의 힘이라고 할 수 있는 오러에 의해서는 베어진다.

"타앗!"

쉬쉬쉬쉬쉬쉿!

수십 개로 불어나는 슬로터 백작의 검이 미꾸라지처럼 요리조리 움직이며 자신을 괴롭히는 유령을 향해 날아갔다.

─그따위 검술로 나를 죽이려 하다니!

카앙! 카카카캉!

허공 중에서 요란한 오러의 충돌음이 들려왔다.

'뭐, 뭐지? 어떻게 유령이 이런 강력한 물리력을 발휘한다는 말인가!

슬로터는 점점 시야가 어두워지고 온통 어둠만이 자리한 공간에서 유령의 모습만이 또렷하게 보였다.

그리고 그 유령이 휘두르고 있는 검에 생성된 검에서 피어오르고 있는 오러에 놀라고 말았다.

'서, 설마… 데스나이트가 된 건가?'

데스나이트는 마계에 종속된 존재에 의해서 탄생되는 마물이었다.

만드는 자와 영혼의 생전의 실력에 의해서 좌우되는데 마스터 급의 데스나이트도 있다는 소리를 들은 기억이 있었다.

'반드시 죽인다!'

슬로터 백작은 자신이 선인은 아니라고 평소에도 생각했다. 그러나 기사로서 세상을 위협하는 무리들을 저버릴 정도로 타락한 자는 아니라고 자부하고 살아왔다.

'정말 데스나이트로군!'

생각을 그렇게 해서 그런지 악령의 모습이 점점 데스나이트의 모습으로 또렷하게 보이기 시작했다. 검은 풀플레이트 메일을 걸치고 손에는 사악한 기운이 흐르고 있는 투핸드소드를 들고 있는 전형적인 데스나이트의 모습이었다.

'일격에 부순다!'

파팟! 쎄에에에엑!

온몸의 마나를 일점에 집중시켜 폭발하듯이 데스나이트를 향해 쏘아져 나갔다.

무수한 궤적을 그려내는 워소드는 태산이라도 부술 듯이 맹렬한 기운을 뿜어냈고 거검의 형상을 만들어냈다.

"사라져라! 데스나이트여!"

후아아아아앙!

공기를 태우는 오러의 움직임에 의해서 거대한 공동이 진동을 일으켰다.


'저 둘을 어떻게 해야 할까?'

지금 공동 안에 갇혀 있는 두 사람은 서로를 죽이기 위해서 검을 휘두르고 있었다. 환영 마법진에 당한 두 사람은 서로가 데스나이트라 여기고 있었기에 가능한 일이었다.

'서로 죽게 만드는 것이 최선이다. 저들을 회유할 방법은 없고 있다면 막대한 배상금을 받아내고 두 사람을 풀어주는 것인데… 그럴 경우 로크 제국과는 완전하게 척을 지게 될 것이고.'

여러 가지 경우의 수를 생각해야 했다. 로크 제국의 대공이라면 황제의 동생이라는 소리였다. 그런 사람이 로크 제국을 차지할 욕심이 아니라면 다른 나라를 빼앗아 새로운 나라를 만들어 왕이 되고자 하는 경우라고 봐야 했다. 그럴 경우 황제 역시 그런 동생의 편을 들어줄 가능성이 꽤 컸다.

'이러다가 적국이었던 체이스가 동맹국이 되고 로크 제국이 적국으로 변할 수도 있겠군.'

체이스 제국의 힘은 통상 로크 제국의 70% 정도로 여겨지고 있었다.

특히 마동포의 존재 때문에 체이스는 로크 제국으로 침략 전쟁을 벌이지 못하기 때문에 그런 생각이 굳어진 탓이었다.

"저들이 서로 죽이지는 않게 해야 해. 만약 저들이 여기서 죽는다면 문제가 커질 수도 있으니까."

크리스토퍼 대공의 명령을 받고 이곳에 온 것은 분명 침략이지만 저들이 거짓말로 우긴다면 국력이 약한 락토르 왕국으로서는 저들의 말을 들어야 한다. 힘이 강한 자가 우긴다면 그것은 거짓이라고 해도 진실이 되어버리기 때문이었다.

─염려하지 마세요. 지금 저들이 부딪치는 것 같아도 실제로는 환영 속에서 싸우는 것뿐입니다.

"그렇다면 다행이고."

서로를 데스나이트로 인식하고 오러를 뿜어내며 검술을 펼치고 있지만 약간 떨어진 거리에서 직접적인 전투를 벌이는 것은 아니었다. 그러나 두 사람은 필사의 싸움을 하고 있는 것으로 느낄 것이었다.

"크으… 지… 지독한 놈… 그렇게 공격해도 소멸되지 않다니……."

"누가 할 소릴 하는 것이냐! 악독한 데스나이트 주제에!"

두 사람은 거의 고갈되어버린 마나 덕분에 숨을 헐떡이며 휘청거리며 겨우 버티고 서 있었다.

"뭐… 뭐지… 분명 데스나이트인데……."

"설마! 슬로터 백작, 자네인가?"

두 사람은 죽기살기로 싸웠던 대상이 동료였다는 것에 기가 막혔다.

목소리가 제대로 들려온 탓에 그것을 깨달은 두 사람은 눈을 부비며 데스나이트로 보이는 동료의 얼굴을 확인했다.

"이럴 수가……."

"제길……."

어두웠던 공간이 다시 환하게 밝아오고 서로의 얼굴을 확인한 두 사람은 자신도 모르게 욕설을 내뱉었다.

입고 있는 갑옷의 여기저기에 나 있는 수많은 생채기와 흐트러진 머리카락, 그리고 비 오듯이 흘리는 땀방울들이 지난 시간 동안 이루어진 싸움을 고스란히 보여주고 있었다.

"여긴 도대체 뭐하는 곳이야!"

슬로터 백작은 분통을 터뜨리며 바로 옆의 벽을 향해 검을 휘둘렀다.

부웅! 콰지지직!

오러에 의해 벽이 갈라져 나가고 슬로터 백작은 고갈된 마나를 분노한 나머지 끌어올려 후려쳤기에 어지러움을 느껴야 했다.

"으득……."

이를 앙다물며 휘청거리는 다리에 힘을 주어 버텼다. 그러자 제프벡 백작은 얼른 다가가 슬로터 백작을 부축하며 물었다.

"괜찮나?"

"괜찮네. 그러니 걱정 말게."

"후우… 그나저나 걱정이군."

"이곳을 빠져나가야 하는데 이런 꼴로는 어림도 없을 것이니… 문제일세."

"그러게나 말이야. 혹시라도 적이 나타난다면… 암담한 일이 벌어질지도 모르는 일이 아닌가."

"내 말이 그 말일세. 크크크!"

"갑자기 왜 웃나? 이런 상황에서 말이야."

"그 애송이 녀석을 쫓아오는 것이 아니었다는 생각이 들어서 그랬네. 마법을 사용하는 것을 알고 있었는데 그걸 간과하고 쫓아 들어와서 이런 꼴을 당해야 하다니……."

슬로터 백작은 이안의 마법에 두 번이나 당하는 자신의 꼴이 우스웠다.

그렇게 조심한다고 작심을 했는데 그깟 호승심 하나를 이기지 못하고 미친 듯이 달려든 자신의 작태가 한심스러웠다.

"그것보다는 이 땅에 온 것이 당신의 실수였소. 슬로터 백작!"

동굴을 뚫고 만들어진 탓에 목소리가 웅웅거리며 울렸다. 그러나 그 목소리가 누구의 것인지 너무도 또렷하게 알아들을 수 있었다.

"으득! 이안 레이너… 감히!"

"이제는 백작의 작위를 가지고 있지. 그러니 막말은 삼가는 것이 좋겠군. 슬로터 백작!"

왕국의 백작은 제국의 백작과 같은 반열이 아닌 한 등급 아래로 취급받는다. 그러나 결코 무시할 수 없는 작위임에는 분명했다.

작위를 빼고 이름만 부르는 것은 제아무리 적이라고 해도 귀족의 명예를 깎아내리는 짓이었다.

"그래 봐야 락토르의 백작이다."

"훗! 그건 그렇지. 하지만 그거 아나?"

"뭘 말이냐?"

"여기서 네놈들을 죽일 수 있는 힘을 가지고 있는 백작이라는 거 말이야."

"으득… 빌어먹을 자식!"

슬로터 백작은 거칠게 반응하며 검을 집어 들었다. 조롱을 당하느니 싸우다 죽는 것을 선택하겠다는 의지를 몸으로 표현하는 중이었다.

"아아! 마나도 고갈됐을 텐데 너무 무리하지 말라고. 지금은 내가 아니라 에일리만 나서도 이길 거 같으니까."

사실 에일리만 나서도 충분히 두 사람을 제압할 수 있었다. 아무리 마스터라고 해도 마나가 고갈된 상황에서는 오러를 한번 발악하듯이 짜내서 쓸 수는 있을지 몰라도 그 다음은 그대로 쓰러질 것이니 말이었다.

'에일리라면… 저들이 쏘아내는 오러를 충분히 피할 수 있을 것이다. 워낙 스피드가 좋으니.'

수인족의 특성상 스피드와 힘은 인간이 감히 따라갈 엄두를 내지 못한다. 마스터라면 가능하겠지만 한번에 잡아내기란 무척이나 어려웠다.

"감히……."

에이리라는 이름의 소유자가 누구인지는 모르지만 자신을 모욕하는 것이라 생각한 슬로터와 제프벡 백작은 발끈하여 당장에라도 검을 휘두를 듯이 앞으로 나섰다.

"후후! 해보자면 망설이지 않고 베어주지. 난 적극 말렸지만 네놈들이 싸우자고 한 거니까 말이야. 아마 크리스토퍼 대공이 봐도 뭐라고 못할 거야. 안 그런가?"

"뭐랏!"

"네놈이 어찌……."

두 사람은 크리스토퍼 대공의 이름이 이안에게서 흘러나오자 깜짝 놀랐다. 아직은 크리스토퍼 대공의 이름이 언급될 시기가 아니었다.

모든 준비가 완벽하게 끝날 때, 특히 마동포에 대한 것을 모두 알아내고 락토르에 변고가 발생할 때 그의 이름은 전면에 등장할 예정이었다.

"세상에 비밀은 없지. 네놈들이 사주하고 있는 다아크 공작이 일부러 국왕을 부추겨서 이번 일을 만들었다는 것도 알고 있거든."

"으음……."

"으득! 네놈을 반드시 죽여 입을 막아야겠다!"

제프벡 백작은 이안의 입을 막아야 한다고 판단했다. 만약 이 사실이 알려지게 된다면 자칫 락토르 왕국이 체이스 제국과 손을 잡을 수도 있었다.

힘의 균형추를 맞추는 역할을 하는 락토르가 체이스 제국으로 넘어가면 국력이 더 강하다고 해도 어려운 싸움을 해야 한다.

"후후후! 지금 네놈의 마나로? 하긴 조금은 회복했으려나?

그럼 깎아주는 것이 필요하겠군. 잘 건너보라고, 더블 라이트 닝 스피어!'

후웅! 파츠츠츠츠측!

이안은 메모리 해놓은 마법을 두 사람에게 날렸다. 은근슬쩍 마나를 회복하고 있던 두 사람은 갑작스런 이안의 공격에 이를 앙다문 채 검을 휘둘러야 했다.

"하압!"

"마법따윈 베어주마!"

두 사람은 버럭 소리를 지르며 이안이 날린 두 줄기의 뇌전의 창을 향해 오러가 실린 검을 휘둘렀다. 그냥은 절대 베어낼 수 없으니 별 수 없이 오러를 사용해야 했다.

후앙! 스스스슷!

오러에 격중된 뇌전의 창이 중간에서 소멸되었다. 덕분에 오러를 사용한 두 사람은 더욱 하얗게 질린 얼굴로 이안의 다음 공격을 기다렸다.

"내가 막을 것이니 자네는 마지막 일격을 준비하게."

슬로터 백작은 이미 한 번의 오러만 더 사용하면 그대로 쓰러질 것임을 잘 알고 있었다. 자신보다 더 많은 마나를 가진 제프벡 백작에게 모든 것을 걸어 볼 작정이었다.

"으음……."

"나는 한방이면 끝이야. 부탁하네."

"알았네, 맡겨주게."

제프벡 백작은 슬로터 백작이 목숨을 내걸고 틈을 만들어주려고 함을 깨달았다.

친우이자 영원한 라이벌인 그의 희생을 막을 수 있었으면 좋겠지만 상황은 그것을 용납하지 않았다. 그것이 너무 안타까웠지만 지금은 냉정해져야 할 때라고 판단하고 이를 앙다물었다.

'내가 죽더라도 틈을 만들어줘야 한다… 그 길만이 저 애송이를 죽일 수 있어!'

슬로터는 독하게 마음먹고 마지막 한톨의 마나까지 끌어올렸다. 정신력이 극도로 발휘된 탓인지 평소 오러의 길이와 두께를 드러낼 수 있었다.

"타앗! 같이 죽자, 이놈!"

독하게 일갈을 터뜨리며 달려오는 슬로터 백작의 쇄도가 무섭게 이루어졌다. 종으로 또 횡으로 비쾌하게 쓸어내며 다가오다 어느 순간 폭발적인 힘을 발휘하여 이안에게 묵직한 공격을 가했다.

'네놈들의 꼼수는 이미 알고 있는 것이고!'

이안은 슬로터의 공격이 짖쳐 들어오자 급히 뒤로 신형을 물렸다.

유령이 움직이듯 마스터의 공세보다 더 빠른 속도로 물러서는 것에 슬로터의 눈은 경악으로 치떠졌다.

"어, 어떻게……."

"후후후! 어떻게는 어떻게… 이렇게지!"

이안의 발밑에 있는 둥근 원반을 본 슬로터 백작은 믿을 수
없다는 반응이었다. 도대체 저 물건이 무엇이기에 순간적으
로 모든 힘을 쏟아낸 자신의 스피드를 넘어설 수 있는지 의문
이었다.

"대마법사 레이첼 님이 만든 아티팩트지. 레비테이션과 플
라잉, 그리고 그레이트 헤이스트 마법까지 걸렸거든. 네놈들
의 수작은 아쉽게 됐구나. 으하하하!"

슬로터의 뒤에서 기회를 엿보고 있던 제프벡 백작까지 멍
하니 이안을 바라보기만 했다. 광장은 제법 넓었고 이미 오러
를 다 쏟아낸 슬로터는 서서히 쓰러져가고 있었다.

그런 상황에서 자신이 낼 수 있는 스피드를 능가하는 기물
을 타고 있는 이안을 잡아낼 자신이 없었다.

"이제 그만 잠들어라, 슬립!"

후웅! 휘류류룡!

이안은 쓰러질 듯 말 듯 버티고 있는 슬로터 백작에게 슬립
마법을 걸었다. 이미 그는 조금만 건드려주면 쓰러질 상태였
기에 정신력으로 버티는 것은 무리 중의 무리였다.

"흐으… 개… 자식……."

스륵! 쿠웅!

욕설을 마지막으로 늘어놓으며 슬로터 백작의 몸이 바닥으로 쓰러져 내렸다. 내상까지 입은 상태에서 버텨내지 못한 것이었으니 아무리 마스터라고 해도 그를 탓할 것은 아닐 것이었다.

"으득… 우리를 어떻게 하려는 것이냐!"

홀로 남은 제프벡 백작이 일갈을 터뜨리자 이안은 볼을 긁적이며 말했다.

"아직 결정은 내리지 않았다. 네놈들은 분명 침략자들이니 목을 베어도 할 말은 없을 것이고… 뭐 로크 제국에서 네놈들 때문에 시비를 걸어올 거 같으니… 그걸 피하려면 조용히 네놈들을 모두 죽이는 것이 낫겠지."

"……."

할 말이 없었다. 자신이 이안이라고 해도 같은 결정을 내릴 것이 분명했다. 로크 제국에 비해 국력이 절반에도 못 미치는 락토르 왕국이니 전쟁을 피하려면 그 방법 외에는 없었다.

"그걸 차라. 아니면 별 수 없이 네놈을 베어야 하니까."

이안의 말에 제프벡은 속으로 갈등했다. 자신을 사로잡으려는 것을 보면 죽일 의사는 없는 것으로 판단한 것이다. 그러나 사로잡혔을 때 빠져나갈 방법이 있느냐가 관건이었다.

'어차피 죽을 거라면… 주군에 대한 신의를 지키는 것이

낮겠지… 그리고 슬로터, 저 친구에게도 면이 서는 노릇이
고.'

생각은 길었지만 결론이 나는 것은 순식간이었다. 결정을
내린 제프벡 백작은 귀족들이라면 누구나 하나쯤은 가지고
있는 아티팩트를 은근슬쩍 손에 쥐었다.

'단 한번만 시야를 뺏으면 된다… 그 정도면 능히 그랜드
마스터라고 해도 죽일 수 있다!'

이를 앙다물며 핏발까지 곤두선 눈을 부릅뜬 채 제프벡은
그대로 이안을 향해 달려 나갔다.

"받아라! 기가플래쉬!"

후웅! 스파아아앗!

눈을 질끈 감은 제프벡은 눈을 감았음에도 눈이 멀 것만 같
은 강렬한 빛의 세례에 서둘러 왼손으로 눈을 가렸다.

이런 사실을 모르는 이안이라면 순간적인 빛에 의해서 시
력이 사라졌을 것이 분명했다.

"크하하하! 맛이 어떠냐!"

제프벡은 빛이 사라지는 것에 득의의 웃음을 터뜨리며 시
력을 잃고 괴로워하고 있을 이안을 베기 위해 재차 달렸다.

쉬릿! 쎄에에에엑!

이안이 있을 곳에 가차 없이 검을 쳐내는 제프벡은 뭔가 이
상함을 느꼈다. 시력을 잃으면 사람은 잠시 비틀거리거나 방

향을 찾지 못해서 공격을 피하지 못하는 것이 정상적인 반응
이었다. 한데 자신의 검에는 아무런 느낌도 나지 않았다. 허
공을 가르며 지나갔을 뿐이었던 것이었다.

"쯧쯧! 어리석은 자 같으니."

"이익!"

제프벡은 소리가 난 곳으로 시선을 돌렸다. 그러자 그곳에
는 망토로 얼굴을 가리고 있던 이안이 서서히 망토를 풀며 입
꼬리를 말고 싸늘한 조소를 머금고 있었다.

'아레나가 아니었으면 곤란할 뻔했군.'

제프벡의 공격이 있기 직전에 아레나로부터 아티팩트의
마나 유동이 느껴진다는 말을 들었다.

어떤 마법인지는 몰라도 자신에게 불리한 마법이니 무조
건 피한 것이었다. 그리고 마법에 대한 저항 마법진이 새겨진
망토로 전신을 가렸었다.

아마 맞섰다면 시야를 잃었을 것이 분명했다.

"그렇다고 해도 바뀌는 건 없다! 데스피어싱!"

부앙! 쎄에에에엑!

검과 하나가 되어 날아드는 제프벡의 검술은 무척이나 악
랄하고 파괴적이었다. 거리가 늘어날수록 확장되듯이 커지
는 오러의 거검이 이안을 향해 밀려들었다.

'단 한 수면 저자는 끝이다. 그것만 버티면 된다!'

초급 마스터를 넘어서서 중급으로 향하는 이안이었다. 하지만 상대는 완숙한 중급으로 상급의 마스터로 향해 가는 자였다.

숙련도부터 마나의 크기까지 모두 밀리는 상황인 것이다.

"브레이브소드 12식 디스트로이어!"

우렁우렁한 기합을 토해내며 모든 힘을 검 한 자루에 실었다. 그리고 쇄도해 들어오는 거검을 향해 그 검을 뻗어냈다.

쿠쾅! 콰드드드드드등!

"으윽……."

"크흑!"

답답한 두 마디의 신음성을 끝으로 두 사람은 처음 신형을 날렸던 곳보다 더 멀리 밀려나 있었다.

창백해진 안색과 곤두선 핏발어린 눈동자는 고통을 참아내려 무척이나 노력하고 있음을 보여주었다.

스륵! 쿠웅!

나직한 소음과 함께 무릎을 꿇는 제프벡 백작은 더 이상 남아 있는 힘이 없었다. 절로 꿇려지는 무릎을 버티려 했지만 정신력으로도 할 수 없는 한계에 도달한 것이었다.

"우웩!"

푸악! 주르륵!

입에서 뿜어져 나온 검붉은 선혈이 심각한 내상을 입었음을 단적으로 보여주었다.

"웨엑! 네… 네놈을… 죽이지… 흐윽… 못한 것이… 한이
다…….."

피를 토해내면서도 어떻게든 검을 들어 올리려 하던 제프
벡은 휘청거리며 금방이라도 정신을 잃을 것처럼 눈동자가
풀려갔다.

그럼에도 이안을 노려보며 중얼거리듯이 하는 말에는 그
의 의지가 담겨 있었다.

"대단한 일검이었소. 아마도 최상의 상태였다면 내가 죽었
을 수도 있었을 만큼… 하지만 결과적으로 이렇게 살아남았
으니 후회는 없을 것이라 믿겠소. 슬립!"

후웅! 털썩!

마법이 채 걸리기도 전에 제프벡 백작이 쓰러져 버렸다. 안
간힘을 써가며 정신을 차리려 노력하던 그였지만 육체의 한
계를 더 이상은 이기지 못한 탓이었다.

"후우… 대단한 자였다. 이런 자들이 제국에는 도대체 몇
이나 더 있는 거지?"

락토르 왕국에 있는 마스터는 자신까지 합쳐서 모두 4명이
었다. 그중에서 한 명은 곧 사라질 상황이니 3명이 전부인데
반해 로크 제국은 알려지지 않은 마스터가 크리스토퍼 대공
휘하에 있다고 생각하면 정신이 아득해졌다.

'힘을 더 키워야 한다. 마스터라고 해도 단번에 죽일 수 있는 그런 무기를… 하아… 어렵군……'

총이라는 무기를 만들어야 할까 생각해 보았다. 그 이계인의 기억 속에 있는 그 무기라면 마스터도 집중사격으로 죽일 수 있을 것 같았기 때문이었다.

그러다 한가지 생각이 떠오르자 심각하게 망설여야 했다.

'그 총이라는 것으로 인해서 결국은 기사들의 시대가 저물었지. 그 이계인의 기억이 정확하다면 말이야……'

단편적으로 떠오르는 기억이기는 하지만 자신의 추리를 더해서 그린 그림은 기사 시대의 종말이었다.

"내가 무슨 자격으로 기사들을 모두 죽인단 말인가… 그건 해서는 안 될 이야기겠지."

이안은 씁쓸하게 고개를 저으며 화약을 대신할 무기들을 생각해 보았다. 6클래스의 마법사이기도 한 자신의 힘을 모두 쥐어짜서 새로운 무기 체계를 만들어낼 작정이었다.

"그래! 바로 그거다. 그의 기억과 나의 힘을 합쳐서 그가 살던 세상의 무기체계를 이 세상의 방식으로 만들어내는 거다!"

생각해 보니 이계인의 기억 속에 있던 무기들은 얼마든지 재현할 수 있는 무기들이었다. 가이던스 마법과 타깃 마법을 마동포의 포탄에 각인시킨 다음 쏘아낸다면 공중으로 날려도 목표물에 날아가 정확하게 맞출 수 있을 것이었다.

그리고 포탄에는 화약을 대신하여 플래임 스트라이크 같은 마법을 각인해서 쏜다고 치면 그것은 엄청난 폭발력을 자랑하는 네이팜탄이 될 수 있었다.

'모든 것은 생각하기 나름이다. 그리고 얼마나 더 창의적이냐에 따라 달라지겠지. 그런 의미에서 모방은 가장 훌륭한 창조가 되어줄 것이다!'

이안은 이번 사태만 넘기고 난 다음에는 로크 제국이 아니라 그 누구라도 건드릴 수 없는 철옹성을 이 헬카이드의 배꼽에 건설하고 말리라며 다짐했다.


"으으……."

"깨어났는가?"

제프벡 백작은 슬로터 백작의 물음에 힘겹게 눈을 뜨고 옆을 쳐다보았다. 그곳에는 이상한 수갑과 족쇄를 착용한 채 슬로터 백작이 의자에 앉아 있었다.

"으음… 그게 뭔가?"

"크크크! 마나제어구일세. 이안 레이너… 그자가 채운 거지."

"뭐라고? 이… 이익!"

분노했지만 속에서 울렁거리는 느낌과 통증이 격하게 밀

려들자 이를 악물며 그걸 버티는데 정신을 소모해야 했다.

"하아… 꼼짝없이 이렇게 잡혀 있게 생겼군. 그자가 크리스토퍼 대공 전하에 대해서 알고 있던데 말이야."

"나도 들었네. 그자가 거기까지 알고 있을 줄은 몰랐어."

"그러게 말일세."

"후우… 그나저나 이제 어떻게 해야 할지 고민이로구만."

"밖에서 우리를 찾고 있을 것이니 조금만 기다려 보세. 그래봐야 소용은 없겠지만 적어도 주군께 이 사실을 알리기는 할 걸세. 그럼 무슨 수가 나오겠지."

"흐흐흐! 그게 더 위험하다는 걸 몰라서 그런 소리를 하나?"

제프벡의 물음에 슬로터 백작은 무슨 소리냐는 듯이 친구의 얼굴을 빤히 쳐다보았다.

"그게 무슨 소린가? 더 위험하다니."

"자네 같으면 적대국으로 돌아선 나라의 마스터 두 명을 포로로 잡고 있네. 그것도 비밀 작전 중에 말이야. 적국에서 내어놓으라고 하면 순순히 내어주겠나? 아니면 목을 베어 아무도 모르는 곳에 파묻어 버릴 텐가?"

"으음… 그건 그렇군."

슬로터도 그제야 사태의 심각성을 깨달았다. 그때 방의 문이 열리며 반가운, 그러면서도 찢어 죽이고 싶은 마음이 공존

하는 적의 얼굴이 보였다.

"둘 다 일어났군."

"개자식!"

"우릴 어떻게 할 생각인가, 레이너 백작!"

슬로터가 백작이라는 칭호로 부르자 이안의 얼굴에 미소가 번졌다. 한 사람은 얼굴을 보자마자 욕설을 하고 한 사람은 대우를 해주는 상반된 반응이 우습게 느껴진 것이었다.

"후후! 글쎄 어떻게 하는 것이 좋겠나?"

"내가 말하는 대로 할 것도 아니지 않나? 그만 깐죽거리고 말을 해라."

"뭐 그렇다면야."

이안은 웃음기를 싹 지우고 강렬한 안광을 발하며 말을 이었다.

"네놈들을 죽이지는 않을 것이다. 하지만 그렇다고 풀어주지도 않겠다. 네놈들이 침범한 이 땅이 어떤 땅인지 네놈들도 알아야 할 거 같아서 말이야. 그걸 뼛속 깊숙이 각인시켜 주도록 할 생각이다."

"큭! 결론은 가둬두겠다는 소린가? 뭐 그것도 나쁘지는 않겠지."

죽이지 않는다면 언제고 크리스토퍼 대공이 구출대를 보내서 자신들을 구해줄 거라는 희망을 가진 것이다.

그렇기에 묘한 미소를 지으며 이죽거리듯이 입꼬리를 마는 슬로터 백작을 보며 이안은 속으로 비웃었다.

'헥토르만 해결하고 나면 로크 제국은 결코 이곳으로 오지 못한다. 오히려 내 눈치를 봐야 할 것이니 두고 보아라!'

이안은 자신의 뜻을 알지 못한 채 크리스토퍼 대공을 믿고 있는 두 사람에게 고개를 살짝 저어주며 문을 나섰다.

# 3장

한두르의 입전

갑자기 이안이 사라지고 난 후 독립여단과 드워프 마을은 초비상이 걸렸다.

사령관인 그의 부재도 그렇지만 언제 어느 때 헥토르가 공격해 올지 몰라서 한잠도 자지 못하고 뜬눈으로 밤을 지새야 했다.

후웅! 스팟!

텔레포트 마법을 통해 나타나는 이안을 본 친구들과 독립여단의 병사들은 급하게 우르르 몰려왔다.

"이안! 어떻게 된 거냐!"

"걱정했잖아, 무슨 일이 있으면 말을 해줘야 할 거 아냐!"

토리와 안드레아 등이 대답을 할 틈도 주지 않은 채 소리를 질러댔다. 그들의 반응에 이안은 훈훈한 미소와 함께 대답했다.

"후후! 내가 그놈들에게 당할 사람으로 보이냐. 걱정 마라, 걱정 마! 나 이안 레이너야!"

뜬금없는 자랑 같은 말이지만 지금 이 순간에 그것보다 친구들을 안정시키는 말은 또 없을 것이었다.

"하아… 내가 말을 말아야지."

"그러게……."

친구들의 반응을 보며 이안은 침묵을 지키고 있는 티모시에게 시선을 돌렸다.

티모시는 병참과 함께 척후를 담당하고 있었기에 그의 역할이 그 어느 때보다 중요했다.

"헥토르의 반군은 어떠냐?"

"미동도 없다. 어떻게 된 일인지는 모르지만 간밤에 헥토르 후작의 별동대가 돌아온 이후 아주 편안하게 쉬고 있다는 보고다."

"그래? 후후! 그자가 약속을 지켰군."

"응? 약속? 그게 무슨 소리냐?"

토리의 물음에 이안은 간밤에 있었던 일들을 모두에게 말해주었다. 헥토르 후작이 반란을 일으켜야 했던 이유와 로크 제국의 숨은 실력자인 크리스토퍼 대공의 야욕에 관한 것이었다.

슬로터와 제프벡 백작의 공격의 이야기는 덤으로 슬쩍 넘어갔다.

"으음… 그런 진실이 숨어 있었다는 말이지… 크리스토퍼 대공이라는 자가 이 나라를 노린다니… 하… 지랄맞군."

안드레아는 지금의 상황이 요상하게 돌아가고 있다는 것을 대강은 짐작하고 있었다. 갑작스럽게 헥토르 후작이 반란을 일으키고 체이스 제국과 손을 잡는 것부터가 상상할 수 없는 일이기는 했었다.

그런데 숨겨진 진실은 다아크 공작이 크리스토퍼 대공의 사주를 받아 국왕을 움직인 것을 알게 되자 모든 것이 명명백백해졌다.

"그러니까 지금 네 말대로 하자면 쳐죽일 놈은 헥토르 후작이 아니라 다아크 공작이라는 소리네. 맞냐?"

성격이 괄괄한 맥컬리의 말에 이안은 천천히 고개를 끄덕거렸다.

"헥토르 후작은 이미 그 사실을 알고 있었다. 다만 자신의 상황에서 무슨 말을 하더라도 씨알이 먹히지 않을 것임 알고 반란을 하기로 한 거지. 체이스 제국과 손을 잡은 이유도 역시 같은 맥락인 것이고."

"으으… 개자식들……."

"이젠 어떻게 할 거냐? 그 사실을 알고도 헥토르 후작과 싸울 수는 없는 거잖아?"

안드레아의 분개 어린 음성에 이안은 고개를 저었다.

여기서 싸우지 않는다면 자신 또한 반란군이 되는 수밖에 없었다. 그렇게 하기에는 리스크가 너무 컸고 힘 또한 모자랐다.

"싸워야지. 그 수밖에 없어."

"뭐라고? 다아크 공작, 그 개자식의 농간대로 따르자는 거냐?"

"아니면 지금 상황에서 다른 수가 있어?"

이안의 물음에 안드레아는 입을 다물었다. 하지만 돌격형의 성격을 기진 맥컬리는 당장에라도 왕궁으로 쳐들어갈 듯한 표정으로 말했다.

"차라리 힘을 합쳐서 다아크 공작을 공격하자. 그게 옳은 거잖아!"

"옳기는 하지. 하지만 이길 수 있어? 헥토르 후작과 힘을 합쳐봤자 고작해야 6만이다. 그 숫자로는 2군단과 4군단을 이기지 못해."

헬카이드에서 산악전만 한다면 이기지는 못해도 지지는

않을 것이었다. 하지만 그렇게 해봐야 이득은 호시탐탐 노리고 있을 크리스토퍼 대공과 다아크 공작이 갖게 된다.

국력이 약해질 대로 약해질 것이고 대공의 군대만 밀려들어와도 막아낼 힘이 남아 있지 않을 것이니 말이었다.

"하지만 분통이 터져서 말이다… 분통이 터진다고!"

"후우… 나도 같은 심정이다. 하지만 지금은 아니야. 차라리 다른 방법을 강구해야지."

"크큭! 다른 방법이 있겠냐? 2군단이 올라오고 있는데 사흘 뒤면 도착할 거라고 하더라. 4군단도 마찬가지고."

"사흘이라… 후후! 둘이 싸워서 한쪽은 망가져 있을 시간이네. 아주 지랄을 하는군. 개새끼들!"

이안은 다아크 공작의 농간이라 생각하고 거침없이 욕설을 터뜨렸다. 독립여단을 구원하려고 했다면 바로 진군하여 이틀 이내의 거리에 와 있어야 할 것이었다.

그렇다면 어느 정도 전투를 벌이더라도 큰 피해 없이 막아내는 것은 문제가 없었다.

'사흘이란 말이지… 사흘…….'

두 군단은 사흘이라는 간격을 두고 헥토르의 뒤를 추격해 왔다. 그렇다는 말은 곧 독립여단과 피터지게 싸워서 한쪽은 거의 무너져 있을 시간을 아슬아슬하게 맞추었다고 봐야 옳았다.

'이것들을 어떻게 물을 먹이지?'

두 군단을 물 먹일 방법은 자신이 오롯하게 헥토르의 반군을 격멸하고 전쟁을 끝내버리는 것이었다. 그렇게 되면 두 군단은 독립여단의 주둔지인 헬카이드 산맥 쪽으로는 들어올 명분 자체가 사라져 버린다.

'아니면… 그 방법이 있었군.'

이안은 자신이 생각한 방법이 과연 먹힐까 하는 생각에 입을 굳게 다물고 생각에 잠겼다.

친구들은 그가 생각을 거듭하는 동안 같이 침묵을 지킨 채 그가 현명한 결정을 내려주기만을 기다렸다.

"토리!"

"말해라."

"헥토르 후작에게 갔다 와야겠다."

"헥토르 후작한테? 뭐를 하려고 그러는지 말해주면 가고."

"협상을 해봐야지."

"그가 과연 협상을 원할까?"

"크리스토퍼 대공의 이름을 먼저 말한 후에 복수를 원하냐고 물어봐. 그가 복수를 하고자 한다면… 협상에 응하겠지."

"흠! 알았다. 그런 이유라면 갔다 오마."

싸움을 앞둔 상태에서 상대방의 고위 장교가 사신으로 온다면 죽이는 것도 무리한 생각은 아닐 것이었다.

그럼에도 간다고 말하는 토리를 보며 이안은 미안함에 어깨를 잡으며 말했다.

"고맙다."

"남세스럽게… 마! 나도 이 나라의 군인이야. 나라가 위험한데 목숨을 사리면 그게 군인이냐. 갔다오마!"

그렇게 말을 남기고 휘적휘적 가버리는 친구의 모습을 보며 이안은 별다른 말없이 고개만 가로 저었다.

둥둥! 둥둥! 둥둥!

출전을 알리는 북소리와 함께 헥토르의 반란군이 독립여단의 거점 요새를 향해 밀려왔다.

선두에는 검은색 일체의 전투마에 올라탄 헥토르 후작이 있고 그 뒤를 반란군의 주요 지휘부들이 따랐다.

"주군! 전면 공격은 무모합니다. 다시 한 번 제고를 부탁드리겠습니다."

"그렇습니다. 저 바위산으로 이루어진 적의 방어진지를 공격하는 것은 아군의 피해가 상당할 것입니다."

제아무리 대단한 병사들이라고 해도 30도가 넘는 가파른 경사도를 자랑하는 바위산을 기어올라서 공격하는 것은 무리였다.

균형을 잡는 것조차 어려운 곳이고 적의 마동포 포대가 전에 비해서 2배는 더 증가한 상황이었다.

올라가다가 마동포에서 쏘아지는 에어블래스트 마법에 당할 판이었다.

"여기서 대기하라. 트란실 중령은 나를 따르라!"

"충!"

트란실 중령만 데리고 헥토르 후작이 적군의 진지 앞으로 나아가자 장군들 이하 장교단은 머리를 흔들었다.

아침 댓바람부터 사자랍시고 새파랗게 어린 대령 하나가 왔었는데 그 이후 헥토르 후작이 저런 모습을 보이고 있는 것이었다.

또가닥! 다각!

전장의 중앙에서 헥토르 후작이 멈추자 맡은 편 요새에서 이안과 안드레아, 그리고 노예병 두 명이 의자와 테이블을 가지고 나왔다.

"살아 있는 것을 보니 반갑네."

"후후! 그 정도 적들에게 죽으면 후작님과 검을 맞댈 자격이 없는 거겠죠."

"호오… 자네 좀 변했구만."

헥토르 후작의 눈에 이채가 감돌았다. 전에는 반란의 수괴라 하여 자신에게 반말을 해대던 이안이었다.

그런 그의 어투가 존칭을 하고 있으니 묘한 감정이 들 지경이었다.

"사실을 몰랐다면 모를까 알았는데 그럴 수야 없죠."

"그런가? 크큭! 그럼 진즉에 사실을 알릴 것을 그랬나보
군."

"아마 처음에 밝혔으면 절대 믿지 않았을 겁니다. 슬로터
백작과 제프벡 백작이 부하들을 이끌고 온 것을 보고 확신했
으니까요."

"하긴… 그럴 수도 있겠어."

"앉으시죠."

"고맙네."

헥토르 후작은 말에서 내려 차양이 드리워진 테이블의 한
편에 앉았다. 그가 앉고 나서야 이안이 마주 앉으며 협상을
할 준비가 무르익었다.

"그래, 왜 나를 보자고 한 것인가?"

"이대로 피를 보는 것은 어리석은 짓 같아서 말입니다."

"흐음… 이제 와서 안 싸울 수도 없는 거 아니겠나?"

"그건 그렇겠죠. 하지만 다른 방법이 있을 거 같아서 말입
니다."

이안의 말에 헥토르의 눈에 의문의 빛이 감돌았다. 이안이
자신과 힘을 합친다고 해도 중과부적이었다.

절대 이길 수 없는 싸움이 되어버렸고 설사 이긴다고 해도

락토르는 끝장이라고 봐야 할 것이었다.

"말해보게. 방법이란 뭔가?"

헥토르 후작의 말에 이안은 자신이 생각한 바를 그에게 이야기했다.

"저에게 패하십시오. 그것도 아주 대패를 당하셔야겠습니다."

"뭐라!"

뒤에서 잠자코 듣기만 하던 트란실 중령이 검을 뽑아들며 노성을 터뜨렸다.

"조용!"

"하오나 각하!"

"조용하라는 내 말이 안 들리나!"

강하게 일갈을 터뜨리자 트란실 중령은 입을 굳게 다물었다. 하지만 이안을 노려보는 그의 눈빛은 여전히 찢어죽일 듯한 빛을 드러낸 채였다.

"그렇게 하면 뭐가 달라지나?"

헥토르 후작의 물음에 이안이 고개를 끄덕였다.

"물론입니다."

"나는 잘 이해가 안가니 자세히 설명을 해보게."

"첫째! 병력을 보존할 수 있습니다."

"응? 병력을 보존할 수 있다라… 호오! 그것은 구미가 당기

는 말이로군. 그게 첫째면 둘째도 있겠구만. 계속해 보게."

"둘째 다이크 공작에게 뒤통수를 제대로 칠 수 있습니다."

"홈… 그건 좀 아닌 거 같고. 다음도 있나?"

"셋째! 후작님과 휘하 장군들의 안전입니다. 가족들은 물론 제가 빼돌려 드리겠습니다."

"가족 이야기를 하는 것을 보면 제안은 끝인가 보군."

"그렇습니다. 결정은 후작님의 몫입니다."

이안의 눈을 부리부리한 호목으로 쳐다보는 헥토르 후작은 한동안 말없이 그저 쳐다보며 그 진위 여부를 가리는 듯했다.

"그런 다음 내가 할 일은 뭔가?"

"절반 정도는 저에게 포로로 넘겨주시고 남은 부하들을 데리고 헬카이드 산맥 안으로 들어가십시오. 북쪽으로 계속해서 올라간다면 두 제국의 영역이니 결코 왕국에서는 수색하지도 못할 겁니다. 그러면 그곳에서 자리를 잡고 힘을 키우십시오. 지원은 제가 해드리겠습니다."

"포로로 넘겨진 부하들이 입을 열면 어떻게 하려고 그러나?"

헥토르의 걱정은 사실 이안으로서도 부담이었다. 그걸 타개하기 위해서 그가 내린 결정은 약간의 피와 공포, 그리고 거짓된 진실을 병사들에게 각인시키는 방법이었다.

"얼마간은 죽어야 할 겁니다. 그렇지 않으면 절대 왕국에서도 믿지 않을 것이니까요."

"으음… 쉽게 결정할 수 있는 문제는 아니로군."

"그럴 겁니다. 하지만 피는 크게 흐르지 않을 겁니다. 라이더들 중에서 몇몇이 죽을 뿐이니까요."

"자네 설마……."

"맞습니다. 기간트전을 하시죠. 어차피 부서진 기간트는 모두 샤베른으로 거듭나게 될 겁니다. 마동포가 달린 기간트 잡는 기간트로 말이죠."

"아……."

부서진 기간트는 왕국에서도 회수할 생각을 하지 않을 것이었다. 샤베른과 마동포를 얻기 위해서 혈안이 되어 있는 왕국은 고철이 되어버린 그 기간트들을 이안에게 넘기고 마동포를 더 얻을 것이 분명했다.

"기간트 대전을 압도적으로 이겨내고 그걸 기회로 병력을 모두 포로로 잡겠다는 심산이로구만."

"맞습니다. 거기에 후작님께서 일부 부하들을 데리고 산맥으로 도주한다면… 피를 흘리지 않고서도 남은 병력을 거둘 수 있습니다. 그리고 그들은 노예병이라는 불명예를 당분간 안아야겠죠."

"흠……."

지금 헥토르 후작이 선택할 수 있는 가장 최선은 이안의 말대로 하는 것이었다.

마스터인 이안이라면 당분간 왕국에서도 버릴 수 없는 카드가 될 것이니 그가 말한 대로 될 확률이 컸다. 그리고 결정적인 것이 바로 그와 동맹을 맺는다면 자신을 이런 꼴로 만든 다아크 공작에게 한방 제대로 먹일 수 있다는 거였다.

'저 어린 친구의 말대로 나중을 기약하는 것이 좋겠다. 다아크에게 한방 먹이기 위해서 그의 말대로 따르는 척은 했지만… 모든 일의 원흉은 그가 아니었던가.'

여기로 모든 부대를 몰아서 온 것은 병사들을 살려서 체이스 제국으로 넘어가 힘을 기르기 위함이었다.

그렇게 힘을 키워 결정적인 순간에 로크 제국의 야욕에 재를 뿌리는 것이 그의 계획이었던 것이다.

"한데 말일세……."

"말씀하십시오."

"내가 자네의 말을 어떻게 믿느냐 하는 것이 문제라네. 나를 따르는 휘하의 사람들을 설득하는 것이 쉬운 문제는 아니거든."

사람이 어떤 결정을 내릴 때 그것에 대한 보장은 반드시 필요한 것이다.

인지상정으로 이안도 그렇게 말하는 헥토르 후작의 말을

이해했다.

그리고 이곳으로 오기 전에 미리 준비한 것도 있었고 말이다.

"받으십시오."

"이게 뭔가?"

헥토르 후작인 이안이 내미는 얇은 책자를 받아들었다. 첫 페이지를 넘기자 그 안에는 빼곡하게 기이한 도형과 마법문자인 룬어, 그리고 마법진의 도해 같은 것이 적혀 있었다.

"마동포를 만드는 도해입니다."

"호오!"

마동포의 도해만 가지고 체이스 제국으로 넘어가도 지금의 작위는 그대로 보장받을 수 있었다.

그것뿐만이 아니라 거대한 땅도 하사받을 수 있을지도 모르는 어마어마한 물건이었다.

"마지막 순간에 그걸 가지고 탈출하신다면 어디를 가더라도 충분히 대접받을 수 있을 겁니다."

"내가 이걸 가지고 체이스 제국으로 넘어가면 어쩔 생각인가?"

"상관없습니다. 그보다 더 좋은 마동포를 생산하면 그만이니까요."

"허허… 할 말이 없군그래."

너무도 당당하게 자신감을 피력하니 할 말이 없었다. 그리고 생각해 보면 이미 그런 마동포가 완성되어 있을 것 같았다.

그게 아니라면 이렇게 쉽게 마동포의 설계도해를 건네지는 않았을 것이니 말이었다.

"이렇게까지 나온다면 내 고집만 부릴 수는 없겠지. 내가 앞으로 해야 할 일들을 이야기하게."

"우선 2군단과 4군단이 북상해서 하루 정도 거리에 왔을 때 싸움을 시작합니다. 그들에게 독촉을 할 것이니 아마도 4군단이 반나절은 먼저 도착할 겁니다. 2군단은 반나절 더 늦게 올 것이고 말입니다."

"하하하! 아마도 자네 말이 맞을 것일세. 레마겐 그자가 많이 어리석거든."

"그리고 4군단이 도착할 때 즈음해서 전투를 끝내고 후작님께서는 절반의 병력을 데리고 헬카이드 안으로 들어가십시오. 몬스터들을 상대할 샤베른과 마동포를 지원해 드릴 테니 안전은 염려하지 않으셔도 될 겁니다."

"그리고 또 있는가?"

"네, 바로 산악전을 계속해서 하면서 독립여단과 싸우는 척하셔야 합니다. 추격대가 올라가면 곧바로 다른 제국의 영역으로 이동하여 피하는 방식으로 독립여단과의 싸움은 끝난 것이 아닌 것으로 보여져야 합니다."

"아… 알겠네. 왕궁에서 자네의 힘을 빼앗지 못하게 할 속셈인 게로구만."

왕국을 위협하던 헥토르의 반군이 끝내 격멸된다면 당장에 왕국에서도 그 다음 위협이 되는 자를 향해 검을 겨눌지도 몰랐다.

아마도 다아크 공작이 그렇게 되도록 유도를 할 것이기 때문이었다.

그러니 헥토르가 2만 정도의 반란군을 가진 채 헬카이드 산맥 안에서 게릴라전을 하는 것처럼 보인다면 왕국 내에서도 독립여단을 넘보지는 못할 것이었다.

"그런 이유도 있지만 본격적으로 헬카이드 산맥을 개발할 생각입니다. 지속적으로 샤베른을 보내드릴 예정이니 그것을 적극적으로 활용하신다면 큰 피해 없이 가능할 거라는 판단입니다."

"알겠네. 자네의 뜻대로 하지."

헥토르 후작은 순순히 이안의 뜻을 따르기로 했다. 그가 모든 것을 지원해 주고 가족들의 안부도 책임진다고 하니 거절할 이유가 없었다.

이대로 체이스 제국으로 넘어간다고 해도 마음이 편하지는 않을 상황이었으니 더 나은 선택이 있다면 그것을 따르는 것이 순리라 여긴 것이었다.

"아직은 지켜보는 눈이 없지만 곧 2군단과 4군단의 척후들이 이곳으로 올 겁니다. 그때부터 싸움을 시작하도록 하죠."

"그렇게 하세. 그럼 나중에 보세나."

헥토르 후작은 이안이 자신을 이해해준 것이 무엇보다 기뻤다.

비록 반란이라는 이름으로 일어서기는 했지만 그 이면에 숨겨진 진실을 아무도 몰라주는 것이 야속했던 지난 시간들이었다.


"어떻게 됐냐?"

진지로 돌아오자마자 급히 달려온 맥컬리의 물음에 다른 친구들 역시 궁금하다는 표정을 지어보였다. 전장의 중앙에서 만나서 이야기를 상당한 시간 동안 한 것을 보았고 나중에는 인사까지 하고 헤어지는 것을 봤었다.

"헥토르 후작이 내 제안을 받아들였다."

"와우! 그 사람이 어쩐 일이라니. 그렇게 괴롭혔던 네 제안을 덥석 받아들이고 말이야."

"막판까지 몰렸잖아. 더 이상은 뒤로 물러설 곳이 없었으니까. 만약 우리를 이긴다고 해도 그 피해는 상상을 초월하는 것일 테니까. 아마 많아야 수천 정도의 병력이 남을 건데 그

병력으로는 다른 나라로 망명해도 힘을 쓰지 못하지."

안드레아의 설명에 맥컬리는 고개를 끄덕거리며 동감했다. 아무리 대단한 실력을 가진 사람이라고 해도 타국, 그것도 적국이었던 나라의 사람을 중용하는 것은 상당한 부담으로 작용할 것이었다.

그런 그를 체이스에서 결국에는 변방의 귀족 정도로 임명하고 실권이나 힘을 키울 여력을 주지 않을 것이 분명했다.

"일단 협상은 잘 끝났으니 이제 해야 할 것은 철저하게 2군단과 4군단을 속이는 일이다. 해서 척후를 더 많이 내보내라. 그리고 그쪽에서 보낸 첩자들이 있으면 반드시 잡아야 해. 만약 상황이 여의치 않으면 죽여서라도 입을 막아야겠지."

"으음… 알았다. 그건 내가 알아서 할게."

토리는 아군을 죽이는 일이 꺼려졌지만 이 상황에서는 어쩔 수 없는 선택임을 알기에 자신이 알아서 하겠다는 말로 이안의 심적 부담을 덜어주었다.

"그건 그렇고… 그놈들은 어떻게 됐냐?"

이안은 두 백작을 아레나의 던전에 가둔 이후 그들을 따라왔던 자들의 동태를 감시하라고 했었다.

수장을 잃은 탓에 우왕좌왕하고 있지만 어떤 사태를 벌일지 주의를 기울여야 했다.

"트윈헤드 오우거 출몰지역을 벗어나서 바위탑 지대 바로 옆에 주둔지를 차렸다."

"그래?"

바위탑 지대는 바로 아레나의 던전이 있는 곳으로 몬스터들이 없는 유일한 지역이었다. 남서쪽의 드워프 마을이 있는 곳에도 가끔씩 몬스터들이 출몰하지만 에일리의 노력 덕분인지 그곳만 깨끗했다.

"일단 그 녀석들을 먼저 제거해야겠다. 아니면 쫓아내든가."

"쫓아내는 것은 반대다. 확실하게 죽이는 편이 나을 거다. 그래야 크리스토퍼인가 뭔가 하는 개자식이 이곳을 경시하지 못할 테니까 말이야."

토리가 다 죽여야 한다는 논지로 이야기를 하자 친구들 역시 힘차게 고개를 끄덕이며 동의했다. 그 모습에 이안은 빙긋 미소를 지으며 대답했다.

"알았다. 너희들의 생각이 그렇다면 나도 그렇게 결정하도록 하마."

"그래, 어서 가 봐라. 헥토르와 손을 잡은 이상 저들이 공격해 올 일은 없으니까."

"그럼 수고해. 나는 그놈들 처리하고 드워프 마을에 좀 들렀다가 올 테니까."

"알았으니 어서 가기나 해라. 흐흐흐!"

친구들의 배웅을 받으며 이안은 바위탑 지대로 바로 공간 이동을 시도했다.

"텔레포트!"

후웅! 스팟!

공간의 틈이 열리고 그곳으로 사라지는 이안의 모습에 친구들은 고개를 가로저으며 상당히 부러워하는 표정들을 지어야 했다.

아무리 생각해도 자신들의 친구인 이안은 너무 부러운 면을 많이 가지고 있었다.

우우웅! 파앗!

공간의 틈새에서 빠져나오는 이안이 주위를 경계하며 살폈다.

마스터인 그의 기감을 속이고 접근할 수 있는 존재는 없었고 무척이나 조용하고 평온한 기운만이 감돌고 있었다.

'저쪽이군.'

평온한 기운이 감도는 곳에서 유일하게 불안함과 분주하게 움직이는 사람들이 느껴지는 곳으로 은밀하게 이동했다.

바위와 바위 사이를 엄폐물 삼아 움직이자 곧 200여 명에 달하는 사람들이 모여 있는 곳에 도달할 수 있었다.

'저것은 마법진인가… 그것도 방어 마법진이군.'

몬스터가 유난히 많은 곳, 그리고 마계의 마나가 흘러나와 이상 변이를 일으킨 트윈헤드 오우거의 지역을 지나 온 이들이기에 방어태세에 만전을 기한 모습이었다.

'기사가 150명에 나머지는 마법사와 일을 돕기 위해 온 자들인가?'

마스터 두 명과 함께라면 저 정도의 인원이라면 작은 영지 하나는 하룻밤만에 도륙낼 수 있을 전력이었다. 그런 그들을 보낸 크리스토퍼 대공의 저의는 분명했다.

'그렇게도 마동포를 수중에 넣어야 했던가? 하긴… 기간트를 무력화시킬 수 있는 병기이니 당연한 거겠지만.'

마동포의 전략적 가치는 엄청난 것이라 할 것이었다.

일단 마동포 100기만 보유하고 있으면 기간트 10대를 한 번에 무력화시킬 수 있는 힘이 있었다.

아마 로크 제국의 힘이라면 천 기도 한 전장에 투사할 수 있을 국력이 있었다.

'그 정도의 힘이라면 우리 락토르 같은 경우는 제대로 싸워보지도 못하고 무너지겠지.'

락토르 왕국이 보유한 기간트의 숫자는 이제 채 300기가 되지 않았다. 한 번의 전투에서 100기를 날려버릴 수 있다면 그건 싸워보나마나한 전쟁일 것이었다.

"지워야 할 놈들이라면 아레나에게 맡기는 것도 나쁘지 않겠지."

기사들은 별로 도움이 안 되겠지만 마법사들은 달랐다. 마법 병단급에 해당하는 30명의 마법사라면 다른 일을 할 때 무척 도움이 되어줄 것이었다. 하니 기사들은 모두 죽이더라도 마법사들은 노예의 인을 쳐서라도 거둘 필요가 있었다.

스스스슷!

이안의 신형이 허깨비 꺼지듯이 사라져갔다. 호릿한 그림자가 향하는 곳은 경계를 서고 있는 기사 둘이 있는 곳이었다.

"흐아암! 피곤하네 정말."

"나도 마찬가지야. 이렇게 피곤하고 힘든 곳은 난생 처음일세."

"하아… 트윈헤드 오우거가 떼로 덤벼드는 곳이라니… 머리털 나고 그런 경험은 처음 해보네."

두 기사는 어제 겪어야 했었던 그 사투를 떠올리고는 고개를 절레절레 내저었다.

"그나저나 두 백작 각하께서는 언제 돌아오는 건지… 불안하네그려."

"마찬가지일세. 뭐 그래도 두 각하께서 무슨 일이야 있겠는가. 마스터이신 분들이니 말이야."

"나도 그렇게 생각은 하지만… 이곳이 워낙 요상스런 곳이라 문제라네."

두 기사는 무지막지한 몬스터들의 소굴인 이 땅의 흉험함
에 고개를 가로 저었다.

"응? 누… 누구……."

막사 쪽에 서서 바깥을 경계하던 기사는 이야기를 나누던
동료 기사의 뒤로 어렴풋한 형상이 일어나는 것에 심장이 덜
컥 내려앉았다.

"왜 그래?"

영문을 모르는 기사는 무슨 일이 있는 것인가 하여 뒤로 몸
을 돌려고 했다. 그러나 이내 몸이 말을 듣지 않는 것에 당황
해야 했다.

"편히 쉬도록!"

흐릿했던 형상은 이내 제 모습을 찾고 그것은 이안의 모습
으로 두 사람의 눈에 들어왔다.

"이… 이안 레이너… 백작……."

"끄륵!"

가래 끓는 소리를 내며 무너져 내리는 두 사람을 바닥에 누
인 이안은 마법으로 다시 몸을 감추며 다른 기사들을 향해 은
밀한 이동을 재개했다.


"으으… 빌어먹을……."

두 백작을 따라 원정을 왔던 마법사들의 책임자인 라익스는 믿을 수 없다는 눈빛을 한 채 자신의 목에 검을 겨누고 있는 이안을 보았다.

'순식간에 다른 세 명의 동료들을 제압한 것으로 보아 마스터가 분명한데.'

별다른 느낌을 받지도 못한 상황에서 천막의 지붕을 뚫고 들어 온 적은 순식간에 동료들을 제입했었다. 자신이 캐스팅을 거의 마쳤을 때는 마법을 캔슬시키는 능력을 보여줄 정도였다.

"우, 우리를 어떻게 하려는 것이오?"

공포가 밀려들었지만 목에 검을 겨눴다는 것으로 보아 죽일 의사는 없어 보였다. 그게 아니라면 다른 동료들 역시 일검에 죽였어야 맞을 것이었다.

"모르지. 모든 것은 네놈들의 선택에 달려 있으니 말이야. 그럼!"

"뭐, 뭐요? 헉!"

눈에 보이지도 않을 정도로 빠른 스피드로 주먹이 뻗어왔다.

아니 그렇다는 것만 느꼈을 뿐이고 강한 충격이 턱에 느껴졌을 때에야 비로써 자신이 맞았구나 하는 느낌을 받았을 뿐이다. 그리고 그것을 마지막으로 라익스 역시 바닥에 쓰러졌다.

'이것들을 써먹으려면 흔적 자체를 지워야 한다. 이곳으로 이들이 들어온 것을 아무도 모르게 해야 해.'

누군가 이 사실을 안다면 언젠가는 외부로 알려지게 될 것이 분명했다.

그것만은 반드시 막아야 할 사안이 되어버린 탓에 이안은 분주하게 움직여야 했다.

"아레나! 내가 있는 곳 확인 되지? 이동원반을 모두 이곳으로 보내!"

─알겠습니다, 마스터!

아레나의 영역 안이기에 대화가 통하기에 무리없이 명령을 전달할 수 있었다. 그게 아니라면 아레나와 연결되는 곳까지 달려가야 할 것이었다.

"많기는 많네. 끄응!"

이안은 제압하여 놓은 기사들의 모든 물품들을 수거하여 아공간 가방에 넣는 작업에 착수했다. 혹시라도 숨겨놓은 것은 없는지 확인하는 일이 중요했기에 분주하게 손을 놀려야 했다.

"주인!"

스르르르르릇!

부유하듯이 떠오는 이동원반은 모두 20개에 달했다. 그 위에 앉은 채 이안이 있는 곳으로 온 에일리는 반가운 표정으로 두 팔을 활짝 벌리고 달려들었다.

"어이쿠!"

"주인, 나쁘다!"

"큭… 미안하다. 어서 옮겨야 하니까 도와줄 거지?"

이안의 사과에 에일리는 삐친 표정을 지어 보이면서도 쓰러져 있는 사람들을 원반에 옮겼다.

조용히 뒤를 따라왔던 수인족 쿼터인 케이트는 그 모습에 흐릿한 미소를 지은 채 열심히 일을 따라했다.

**4장**

질투를 신청한다

　제프벡 백작들이 데리고 온 공격대를 모두 제압하여 아레
나의 던전 감옥에 가둔 이안은 마나종속구를 이용하여 탈출
에 대한 의지 자체를 꺾어버렸다.

　그런 연후에야 비로소 독립여단으로 돌아올 수 있었다.

　"야! 이렇게 늦게 오면 어떻게 해!"

　대회의실로 들어가자마자 터져 나온 토리의 타박이었다.
아마도 국방성에서 연락이 오거나 올라오고 있는 두 군단의
군단장들의 호출이 있었던 모양이었다.

　"누가 날 찾든?"

"어! 국방성에서 급하게 너를 찾더라고. 전투에 대비해서 직접 위력정찰을 나갔다고 둘러댔는데 오는 대로 연락 달라더라."

"음… 알았다."

"바로 연락할거냐?"

"그래야지. 잠시만……."

이안이 수정구를 꺼내들자 친구들은 입을 다물고 자리에서 약간 물러났다.

후웅! 징! 징! 징!

마나가 불어넣어지고 곧 마법수정구에 통신좌표를 계산하여 마법을 걸었다. 약간의 시간이 지나지 않아 통신이 연결되고 국방성에서 이안을 호출한 국방성장에게로 연결되었다.

─그간 잘 있었나?

"안녕하셨습니까, 성장 각하!"

─허허! 나야 늘 그렇지. 위력정찰을 나갔다고 들었는데 상황은 좀 어떤가?

"적의 수가 조금 많고 헥토르가 이끄는 정예병력이다 보니 조금 상황이 안 좋습니다."

─그럴게야. 헥토르 그 자가 비록 지금은 반란을 일으킨 역적이 되어 있지만 한때는 이 나라를 지탱하던 최고의 군인이었으니.

"2군단과 4군단은 왜 아직 지원을 해주지 않는지 알 수 있겠습니까?"

이안의 물음에 국방성장의 표정이 살짝 굳었다. 아마도 2군단과 4군단이 왜 북상을 늦추며 지원을 하지 않는 것인지 그도 익히 아는 듯했다.

―미안하게 됐네. 그 자들에게 빨리 북상하여 독립여단과 협조하여 헥토르를 잡으라고 명령을 내렸는데… 온갖 핑계를 대며 시간을 끌더군.

"그렇군요… 아무리도 다아크 공작입니까?"

―크크크! 그자가 힘을 쓴 모양이야. 조금만 버티게. 언제까지 올라가지 않고 버틸 수는 없을 테니 말이야.

"물론입니다. 아무리 헥토르 그 자가 대단하다고 해도 저역시 마스터입니다. 게다가 기간트로 독립여단의 산악요새를 함락시킬 방법이 없으니 지키는 것이라면 언제까지라도 가능합니다."

―흐흐! 내 장군만 믿겠네. 그 말을 들으려고 연락을 해달라고 했는데 이렇게 들으니 마음이 놓이는구만.

"후후! 성장 각하, 심려치 마십시오. 절대 지지 않습니다!"

이안이 선언하듯이 말하는 것에 국방성장의 얼굴이 활짝 퍼졌다.

―알겠네. 그래도 내 사흘 안에는 무조건 헥토르의 반군 뒤

를 치라고 지시했으니 그 안에는 갈게야. 안 그러면 항명죄로 목을 친다고 했거든.

"아… 감사합니다, 각하!"

2군단과 4군단이 그나마 올라오고 있는 것이 국방성장의 명령 때문이라는 것을 안 이안은 그나마 이 나라가 망하지는 않을 것 같다는 생각이 들었다.

'비록 국방성장이 깨끗한 사람은 아니지만 그래도 그나마 나라를 생각하는 군인이기는 하지.'

이안은 국방성장과 알렉세이 후작의 지원을 최대한 이끌어 내며 이 나라를 지키기 위해 최선을 다하리라 다짐했다.

물론 그러기 위해서는 자신이 이루려고 하는 중립지역으로서 헬카이드의 배꼽을 삼국 사이에 완성시켜야 할 것이었다.

"사흘이라… 과연 올까?"

맥컬리는 2, 4군단이 사흘 안에 온다는 것에 회의적이었다.

이미 헥토르의 반군과 손을 잡았기에 언제 오든 상관은 없지만 최대한 핑계를 대며 시간을 끌 것이 확실했다.

"우리가 거의 전멸하기 직전까지 지켜보겠지. 그래야 구원을 요청할 테니까 말이야."

"아마도 그럴 거다. 그래 놓고 모든 공훈과 전리품을 싹 쓸어가려 하겠지."

친구들이 하는 말은 모두 맞는 말이었다. 아무리 중간 단계에서 잘 싸웠다고 해도 최후에 적의 목을 끊는 자가 누군가 하는 것이 공훈 산정에서 가장 크기 때문이었다.

"어떻게 할래? 무작정 기다리는 것은 무리일 건데."

"내일부터는 싸우는 척이라도 해야지. 시체를 수거하는 척하면서 병사들을 빼돌려야 하니까."

"흠… 바빠지겠군."

이미 정찰병들이 올라와 있는 상태였다. 그들은 독립여단과 헥토르의 반군이 싸우는 것을 매시간 체크하여 보고할 것이었다.

'독하게 마음먹어야겠군… 그자들의 입을 막으려면…….'

이안은 해서는 안 될 짓이지만 그들의 입을 자신에게 유리하게 만들 방법은 오직 하나뿐이라 생각했다.

'그런 썩어빠진 놈의 휘하에 있는 것을 원망해야겠지…….'

내일부터 시작된 거짓 전투와 그것을 관찰하는 자들의 입을 막기 위한 싸움이 치열하게 이루어질 판이었다.


"대공 전하께서 알현을 청하십니다."

로크 제국의 황성, 그중에서도 가장 존귀한 자가 머무는 황제의 궁에 있는 화려하고 보는 이를 압도하게 만드는 온갖 아름다운 보석과 황금으로 치장된 보좌에 앉아 있던 이는 권태로운 눈을 슬며시 떴다.

"아우가 말인가?"

"그러하옵니다, 폐하!"

"들라하라."

"예, 폐하!"

시종장이 물러나자 앙게마르 대제로 불리는 로크 제국의 황제는 비릿한 조소를 머금었다.

당금 로크 제국의 성세는 창건 이래 가장 강력하다는 평가를 받았고 그것을 이룬 이가 바로 50줄에 접어들었지만 여전히 30대로 보이는 강력한 무력을 갖춘 황제인 앙게마르 덕분이었다.

처척!

"형님 폐하를 뵈옵니다!"

깍듯하나 어딘가 모르게 어색해 보이는 크리스토퍼 대공의 인사에 황제는 의미를 알 수 없는 미소를 그대로 지은 채 답했다.

"어서 오너라. 거기 앉거라."

"예, 형님 폐하!"

윤기가 흐르는 은발에 진하고 두터운 눈썹, 거기에 각진 턱에 단호해 보이는 입매를 지닌 황제에 비해 크리스토퍼 대공은 어딘가 모르게 여성스럽다고까지 해야 할 정도로 아름다운 미남자였다.

한쪽은 패기가 흘러넘치는 눈매로 상대를 압도하는 것에 반해 다른 한쪽은 유들유들한 여우가 눈웃음을 치는 듯한 인상마저 풍겼다.

"네가 여기까지 어인 일이더냐?"

"그야 너무 오래 찾아뵙지 않은 거 같아서 문안인사를 드리러 왔사옵니다, 폐하!"

"흐흐! 별일이구나. 문안인사를 다 하고."

"앞으로 자주 하려고 하옵니다. 하하하!"

"그렇더냐? 그거 참 반가운 말이로구나."

황제의 얼굴은 여전히 미소가 희미하게 지어진 상태 그대로였다. 그러나 처음에는 비웃는 듯했다면 지금은 호기심이라고 해야 할 미소로 변해 있었다.

"형님 폐하께서도 소제가 요즘 뭐하고 있는지 아시지요?"

"들었다. 락토르에 관심이 많다고 하던데 맞느냐?"

황제라지만 친형이고 친형이라고 하지만 언제든 정적이 될 수 있는 관계이기에 황제의 형제는 언제나 살얼음판 위를 걷는 신세라고 할 수 있었다.

"형님폐하께서도 아시잖습니까. 저란 놈… 욕심이 좀 많지요."

"알고 있다. 그래서 미안하기도 하고."

언제나 유들유들해 보이는 삶을 살면서 한번도 자신에게 반기를 들지 않은 유일한 형제였다.

지금 자신의 자리에 앉기까지 3명의 형제를 죽여야 했던 황제였지만 자신을 인정하고 반기를 들지 않는 형제는 손끝 하나 건드리지 않고 오히려 풍족한 삶을 누릴 수 있도록 배려했었다.

그런 형제 가운데 하나인 크리스토퍼 대공은 능력도 출중하고 자신이 아니었다면 황제의 위에 올랐을 군왕의 재목이었다.

그것이 아쉬웠지만 지존의 자리는 하나였고 반기를 들지 않는 이상 어느 정도는 묵인해 줬던 것이 그런 이유에서였다.

"락토르를 가지고 싶습니다."

"흐음… 락토르라…….""

동생의 선언에 가까운 말에 황제의 얼굴에 미소가 사라졌다. 자신이 알고 있는 내용이었고 그럴 거라 추측은 했지만 막상 그런 말을 들으니 어떻게 해야 할지 골치가 살짝 아파왔다.

"동생아……."

"네, 형님!"

대공이라는 칭호 대신 동생이라고 부르는 것에 크리스토

퍼 대공은 형님이라는 말로 받았다. 황제와 대공의 신분 관계가 아닌 형과 동생의 관계로서 이야기를 하자는 뜻이었다.

"체이스 제국은 어찌하려느냐? 싸운다면 이기지 못할 것은 없다. 그러나 락토르가 체이스의 편으로 넘어간다면… 그 승부를 장담할 수 없다는 것쯤은 너도 알 것이니 묻는 말이다."

"락토르 왕국은 내부에서 붕괴될 것입니다. 결코 체이스의 편을 들 수 없을 겁니다."

"흐음……."

황제는 살짝 놀라고 있었다. 자신이 파악하고 있는 것보다 훨씬 많은 일들을 해왔다는 소리였고 그에 대한 자신감에 찬 발언이기 때문이었다.

'그렇게나 왕이 되고 싶었던 게냐? 허허… 하기사…….'

동생이라면 그 정도의 대우는 받아야 마땅하다고 생각했다. 군왕의 재질을 충분히 가지고 태어난 동생은 자신의 권위에 도전한 적도 없었고 언제나 순종했었다. 충분히 맞서 싸울 세력을 등에 업고 있으면서도 순순히 뒤로 물러나며 자신이 황제가 되는 것을 인정한 동생이기도 했다.

'나쁘지 않겠지… 체이스도 언젠가는 지울 생각이었으니…….'

락토르가 끼어들지만 않는다면 체이스를 지우는 것은 문제가 아니었다.

남부 리만 왕국이 체이스의 편을 들어서 공격해 오겠지만 락토르만 없다면 그 정도는 충분히 이겨낼 힘이 있었다.

"좋다. 네가 락토르를 갖거라. 이 형이 체이스와 리만을 지워주마!"

"감사합니다, 형님!"

크리스토퍼 대공의 얼굴에 격동의 빛이 어려 있었다.

반대하면 어떻게 해야 할까 궁리하고 또 궁리했던 지난 며칠간의 마음고생이 이렇게도 간단하게 정리될 줄은 그도 몰랐다는 표정이었다.

"후후! 녀석도 원……."

흐뭇해하는 형의 미소를 보며 대공은 화답이라도 하듯이 씨익 미소 지으며 하얀 이를 드러냈다.


'어디에 숨어 있을까?'

일단 전쟁이 벌어지는 것을 감시하고 그것을 전하려면 마법사는 한 명 끼어 있어야 한다. 새를 이용해서 보고하는 방법도 있지만 시간이 걸리는 일이니 마법사의 참여는 필수였다.

'저 정도로 대규모 회전이 벌어지는 것이라면 그들도 분명 끝까지 지켜볼 것이니.'

이안은 3곳의 방어진지로 죽기 살기로 밀어붙이고 있는 헥토르의 부대를 보며 피식거리며 웃었다.

서로 간에 화살촉이 없는 화살을 쏘아대고 빈자리를 겨냥해서 마동포를 날려댔다.

마법으로 인한 폭발과 진한 흙먼지가 피어오르면 준비된 자들이 일부러 몸을 날리며 폭발에 휩쓸려 나가는 척 연기를 하는 장면이 웃음이 흘러나오게 만들었다.

파파파파팟!

전투가 벌어진 진지와는 반대편 작은 숲 지역에서 미세한 움직임이 느껴졌다. 그러나 이안은 그 움직임에도 그저 기다리기만 했는데 곧 에일리의 모습이 나타나자 환한 미소를 지었다.

"주인, 저쪽에 인간들 숨어 있다."

"그래? 에일리, 앞장 서!"

"알았다, 주인!"

에일리는 곧 기민한 움직임을 선보이며 이안에 앞서 숲을 향해 뛰었다. 노련한 사냥꾼인 수인족답게 적들이 숨어 있는 곳을 우회하여 최대한 들키지 않게끔 조심하면서도 빠른 움직임이었다.

"저기다!"

수십 미터가 넘는 거대한 나무들이 빼곡하게 들어 선 숲은 인적이 없어서인지 그 흔한 오솔길조차 없었다.

온통 낙엽으로 이루어진 바닥인 탓에 아무리 조심해서 걸어도 소리가 날 수밖에 없는 구조였다.

하여 이안과 에일리는 나무와 나무 사이를 건너 뛰는 방식으로 적들이 잠복해 있는 곳에 들어섰다.

'많이도 왔네.'

보통의 무력정찰이라면 기사 1개조에 병사 백인대 1개로 이루어지는 것이 보통이다. 그것도 기밀을 요하는 곳으로 갈 때는 기사급만 1개조를 투입하는 것이 상식이었다.

한데 지금 보이는 자들은 기사단이라고 해도 무방할 50여 명의 기사들에 마법사가 3명 그리고 병사가 200명에 이르는 대규모 정찰대였다.

다행인 것은 기간트가 없다는 점인데 기간트캐러밴을 가지고 와야 하니 뺀 듯싶었다.

'저자가 메인이로군.'

기사들에 둘러싸인 마법사 한 명은 다른 둘보다 풍기는 기세가 달랐다. 적어도 6클래스를 개척한 고위 마법사가 분명했다.

'저 정도의 마법사라면 적어도 백작급 이상의 귀족이 아니면 거느리기 쉽지 않다. 그렇다면 그 개자식의 봉신이라는 소린데.'

6클래스의 마법사라면 자작의 작위를 하사받을 수 있는 실력자였다. 거기에 영지까지 받는 것이 보통이니 2군단장 레마겐 후작에게서 작위와 봉토를 받은 자일 것이었다.

'잡지 못하면 죽여야겠군.'

이안은 일단은 계획대로 모두 제압할 생각이었다.

저들은 전투가 이루어지는 광경을 빠짐없이 레마겐 후작에게 전하고 만약의 상황에서는 기습적인 공격으로 헥토르의 반군을 타격하는 임무까지 맡았을 것이었다.

'다 살릴 필요는 없다. 헥토르에게 들켜서 공격을 받은 것으로 처리하면 그만이니.'

이안은 독한 눈빛을 뿜어내며 검을 뽑아들었다.

아무리 마스터라도 엄한 칼질 한 방에 가는 수가 있는 것이 싸움이었다. 전격적인 기습으로 저항할 엄두를 내지 못하게 만드는 것이 관건이었다.

"에일리, 여기서 기다려."

"우웅! 에일리도 간다. 에일리는 주인님 지켜야 한다."

"후후! 우리 에일리는 착하니까 내 말을 들어야지?"

"에일리 착해?"

"그럼, 물론이지."

"웅… 알았다. 에일리는 착하니까 주인님 기다린다."

"하하하! 그래, 금방 갔다 오마."

이안은 에일리의 풀죽은 얼굴을 한차례 쓰다듬어준 후 그대로 나무 사이를 건너 뛰며 적들이 숨어 있는 곳으로 날 듯이 접근했다.

'싸움은 기세다! 성난 사자의 공격을 받은 양들은 아무리 숫자가 많아도 그 기세를 이기지 못하고 도망치는 법!'

마지막 나뭇가지를 강하게 밟고 공중으로 날아오른 이안은 수십미터를 뛰어넘어 기사들 사이에 보호받고 있는 마법사를 향해 무서운 기세로 쇄도해 들어갔다.

"저, 적이다!"

이안의 쇄도를 눈치챈 기사 하나가 놀란 목소리로 외쳤지만 이미 이안은 그 기사를 건너 뛰어 마법사를 향해 검세를 펼쳐내고 있었다.

"받아라! 브레이브소드 9식!"

다섯줄기로 갈라지며 지면을 향해 뇌전처럼 뻗어가는 오러의 검들이 무시무시한 위력을 담고 마법사와 그 주변의 기사들을 향해 뻗어나갔다.

"헉! 매직실드! 배리어!"

"마, 막아라! 실드차지!"

검으로는 상대할 수 없다는 것을 안 기사들이 방패에 마나를 주입한 채 어떻게든 버티기 위해 사력을 다했다. 그리고 마법사는 순간적으로 두 겹의 마법 방어를 두르며 뒤로 물러섰다.

카캉! 카드드드드드등!

오러에 적중된 방패들에 덧씌워진 푸른 기운들이 이안이 날린 기운을 이겨내지 못하고 그대로 가루가 되어 박살 나 버렸다.

그리고 가장 기운이 집중되었던 마법사가 있던 곳은 두 겹의 매직 방어막이 해제되었다. 그러나 고위급의 마법사답게 간신히 해소시키는 것에는 성공할 수 있었다.

"그래 봤자다! 하압!"

지면에 내려서기 무섭게 뒤로 물러서는 마법사를 향해 쇄도해 들어가며 재차 공격을 시도했다.

"라이트닝 스피어!"

"윈드 크러쉬!"

이안의 목표가 된 마법사보다는 낮은 경지이지만 전쟁터를 떠돌던 자들답게 나머지 두 마법사가 이안을 향해 마법을 날렸다.

"캔슬! 마력동결!"

이안은 두 마법사의 견제도 신경이 거슬렸지만 혹시라도 마법으로 이곳을 빠져나갈 것을 염려하여 메모라이즈 해두었던 마법을 사용했다.

후우웅! 스릇! 휘류류륫!

발현되기 무섭게 이안을 향해 날아들던 두 마법사의 마법

력은 날아오는 중간에 허깨비가 사라지듯이 순식간에 모습을
감춰버렸다.

"헉! 마, 마법사!"

"설마! 이… 이안… 헙!"

두 마법사는 대경실색하여 소리를 질렀다. 4클래스 마스터
인 자신들을 캐스팅도 없이 구동어만 외쳐서 잠재울 수 있는
자는 적어도 두 단계는 윗줄이어야 했다. 그런 사람은 적들
중에는 없었고 있다면 신경 써서 감시하라는 명령의 대상인
이안 레이너 준장뿐이었다.

"브, 블링크!"

같은 6클래스이니 블링크 마법으로 빠져나갈 수 있다고 생
각했는지 갈색 로브를 걸친 마법사가 블링크 마법을 시전했
다.

후웅! 휘류류룻!

마법이 시전 되려다 이상한 기운의 방해를 받았는지 그대
로 소멸되어 버리는 것에 마법사는 공포를 느꼈다.

자신이 비록 6클래스에 갓 올라온 마법사라지만 전투마법
사로 20년 넘게 전장을 누볐던 사람이었다.

강인한 정신력과 마나의 컨트롤만큼은 7클래스와 비견된
다고 믿었던 자신의 오만에 대한 벌을 받는다는 생각이 들었
다.

그러나 그 벌이 자신의 목숨이라는 것은 아무리 생각해도 너무 과하다는 생각이 들었다.

"머, 멈추시오! 나는 2군단장이신 레마겐 후작 각하의 봉신인 로이건 자작이오!"

스태프를 들어 막는 형태로 뻗어낸 후 소리 질렀다.

"그게 네놈이 죽어야 할 이유다! 죽어라!"

"헉!"

자신의 신분을 밝혔음에도 이안이 죽이려고 하는 것은 사실상 레마겐 후작과 척을 지겠다는 선언과 진배없었다.

물론 지난 윈터폴 요새에서의 상황을 기억한다면 그러는 것도 무리는 아니지만 자작을 죽이면 그를 보호하고 있는 기사들과 병사들을 모두 죽여야 했다.

"2군단 소속 기사들과 병사들까지 모두 죽일 셈이오? 아무리 장군이 대단한 영웅이라고 해도 그것은 국가에 대한 반역이요!"

스슷!

반역이라는 말에 검을 쳐내려고 하던 이안의 움직임이 멈췄다. 하지만 반역이라는 말에 걸려서 그런 것이 아니라 로이건 자작의 말이 너무 어이없어서 그런 것이었다.

"크크! 반역이라고 했나?"

"그, 그렇소!"

"웃기지도 않는 놈들이군. 반란군과 수적인 열세와 기간트의 열세를 두려워하지 않고 싸웠던 우리 독립여단이다! 한데 네놈들은 어떻게 했더냐!"

"그, 그거야……."

"아군이 전멸을 당하든 말든 자신들의 공훈을 위해서 온갖 핑계를 대며 일부러 출정을 늦춘 네놈들이 아니더냐! 벌써 와서 뒤를 쳐야 할 2군단과 4군단은 어디 있더냐? 오는데 사흘? 나흘? 말해보아라!"

"으으……."

로이건 자작은 할 말이 없었다. 레마겐 후작은 패썸한 이안의 부대가 헥토르의 반군과 싸워 만신창이가 되기를 일부러 기다렸기 때문이었다.

비록 문책은 받겠지만 헥토르의 목만 자신이 벤다면 오히려 공은 과를 뛰어넘을 것이고 영웅으로 불리게 될 것이기 때문이었다.

"그런 네놈들의 목을 베는 것이 역적이라? 훗! 개소리하지 마라!"

이안이 분노를 담아 일갈을 터트린 후 다시 검을 추켜세웠다. 그러자 마법사의 주변을 보호하던 기사들이 서서히 뒤로 물러섰다.

그들은 이안이 정체를 드러낸 그 순간부터 검을 거두고 싸움에 대한 의지를 드러내지 않았다.

"왜 물러서는 것이냐!"

이안은 기사들이 뒤로 물러나는 것을 두고 강하게 분노했다. 기사라면 아무리 강한 적이라고 해도 일단은 싸워야 하는 것이 본분이라 생각했다.

철컹!

물러서던 기사 중에 하나가 투구의 바이저를 올리며 외치듯이 말했다.

"이안! 나 할리다! 기억하냐?"

"할리… 이런……."

할리라는 이름을 밝힌 이는 아카데미 동기로 2군단에 발령받았던 친구였다. 그다지 친한 친구는 아니었어도 친구는 친구였고 아카데미 4년 동안 치열하게 검을 섞었던 동지애를 갖고 있는 사람이었다.

"이안 레이너 준장님! 소관 벅스터입니다. 결코 준장님과 싸우고 싶은 생각이 없습니다. 우리 모두 평기사 평의회 소속의 기사들입니다."

"아……."

평기사 평의회는 젊은 기사들이 모여서 만든 단체였다.

비록 모시는 주군이 다르면 서로 간에 칼질도 하고 서로 죽고 죽이는 일도 일어나지만 불의한 일에 대해서는 평의회

회원들이 힘을 모아 목소리를 내는 일을 하는 곳이었다. 그나마 가장 깨끗하고 젊음이 넘치는 집단이라고 할 수 있었다.

"이익! 지, 지금 뭐하는 짓인가! 당장 2군단에 검을 뽑아든 이안 레이너 준장을 잡아라!"

로이건은 기사들이 물러서며 싸울 의사를 보이지 않는 것에 당황했다.

그들이 시간을 벌어준다면 자신만이라도 충분히 빠져나갈 수 있으니 그런 마음이 더욱 크게 드는 것이었다.

"닥치시오! 우리는 평소에도 레마겐 군단장의 전횡을 못마땅하게 생각하던 차였소. 그런데 이번에 그가 보인 행동은 절대 해서는 안 될 행동이요!"

"맞소! 왕국을 위해서 피 흘리는 전우를 그깟 전공 챙기기 위해 외면하는 것은 있을 수 없는 일이오!"

기사들이 입을 모아 소리쳤다. 초반에 이안에 의해서 쓰러진 기사들, 그러니까 마법사이자 레마겐의 충복이라고 할 수 있는 로이건을 보호하는 임무를 맡았던 이들이 조장급의 기사들이었던 것이다. 그들이 쓰러지자 지금껏 불만을 속으로 간직하고 있던 젊은 기사들이 대놓고 항명을 하는 거였다.

그런 이면에는 자신들을 지켜줄 수 있는 끈, 바로 이안의 존재가 가장 크게 작용했다.

"으득… 두고 보자……."

로이건은 이를 바드득 갈며 기사들의 항명에 분노했다. 그러나 이미 기사들의 행동에 동조하여 2군단 소속의 병사들마저 서전트들의 신호에 맞춰서 저항을 포기하는 것에 상황을 살펴야 했다.

'조금만 틈을 보인다면… 바로 빠져나간다……'

로이건은 소매 안에 감춰둔 스크롤을 몰래 손에 쥐었다. 7클래스 대인공격 마법의 하이라이트라고 할 수 있는 기가 라이트닝 스트라이크가 각인되어 있는 스크롤은 찢는 즉시 마스터라고 해도 바로 죽음에 이르게 만들 수 있는 물건이었다. 물론 적을 죽이지 못한다고 해도 블링크를 사용하여 공간을 빠져나갈 수 있는 시간만 벌어준다면 충분했다.

'흐흐흐… 그래, 떠들어라. 네놈들이 그렇게 떠들면 어느 순간에는 방심을 하겠지.'

속으로 득의의 미소를 지으며 로이건은 이안이 아카데미 동기라고 하는 친구와 이야기를 하기 위해 신형을 살짝 트는 것에 눈에 기광을 터뜨렸다.

'지금이다!'

잽싸게 소매 속에 감춰두었던 손을 밖으로 꺼내며 이안을 겨냥한 후 찢었다.

"죽어라, 이놈!"

찌익! 후우웅! 콰츠츠츠츠츠츠츠촷!

하늘에서부터 시작된 강렬한 뇌전의 기둥이 지상을 향해서 폭사되어 내려왔다.

'이건!'

7클래스의 대인 공격마법으로 직격당한다면 시체도 제대로 건지기 어려운 마법이었다. 그 짧은 순간 이안의 몸은 생각보다 빠르게 반응을 보였다.

파팟! 쎄에에엑!

극도로 응축되었다가 그대로 튕기듯이 쏘아져 나가는 이안의 신형을 쫓아 뇌전의 기둥이 분화되듯이 쪼개지며 내리꽂혔다.

'부순다!'

이대로는 당하고 말 거라는 생각에 이안은 날듯이 달리던 신형을 팽이처럼 휘돌렸다.

"브레이브소드! 디스트로이어!"

쉬릿! 쎄에에에에엑!

하늘에서 내리꽂히는 뇌전의 기둥과 이안이 쳐올리듯이 하늘을 향해서 뻗어낸 한줄기의 오러가 서로를 부수기 위해서 강렬한 충돌을 일으켜갔다.

콰드드드드드드등!

7클래스의 마법력이 고스란히 실려 있는 뇌전의 기둥은 세상 모든 것을 파괴할 수 있을 정도로 강력한 자연의 힘을 소유한 것이었다.

그런 자연의 힘에 맞서서 이안이 만들어낸 오러의 검에는 그의 모든 정신력이 고스란히 깃들어 있었다.

자연의 힘과 그 자연의 임에 대항하려 하는 인간의 의지가 충돌을 일으키고 사방으로 오러와 뇌전의 기운이 폭풍처럼 휘몰아쳐 갔다.

"피, 피해!"

"방패로 막아라! 어서!"

오러와 뇌전의 파편이 휩쓰는 곳은 대부분이 기사들이 있었기에 그들은 속히 마나를 끌어올려 저항하며 방패로 몸을 가린 채 속속 뒤로 물러섰다.

'흐흐! 지금이 기회다!'

로이건은 뇌전의 기운과 충돌을 일으키며 그 반탄력으로 그대로 지면으로 처박혀 버린 이안을 확인했다.

마법이라는 것은 시전한 사람의 의지가 그대로 유지될 때에야 마법이 사라지지 않는다. 그러나 지금처럼 강한 타격을 받아 정신을 없을 때라면 마력자장을 만들어냈던 때와는 다를 것이었다.

"크하하하! 나중에 보자! 블링크!"

후웅! 스팟!

순식간에 블링크 마법을 사용하여 이안이 있는 곳에서 최대한 벗어나려 했다. 마법력이 만들어낸 공간의 틈으로 몸을 날리자 이내 그의 신형이 사라져 버렸다.

"로, 로이건 님!"

"우리를 버리다니… 크흑!"

두 마법사는 블링크를 사용할 수 있는 실력이 아닌 탓에 로이건이 탈출하는 것을 보고 배신감으로 치를 떨었다.

자신들을 버리고 갔다는 것은 그동안 자신들이 그를 위해서 목숨도 아끼지 않고 따랐던 충성을 버린 것이나 다를 바 없었다.

"빌어먹을……."

이안은 가까스로 뇌전의 직격을 막아냈지만 잡았어야 할 로이건이 블링크로 사라진 것에 이를 앙다물어야 했다.

'그자가 레마겐에게 간다면… 문제가 상당히 복잡해지는데…….'

아마도 레마겐이 자신의 행위를 문제 삼아 붙잡고 늘어질 것이었다.

물론 그렇다고 해도 소용이 없는 것이 지금 죽은 자는 아무도 없었고 로이건 자작이 자신을 음해하기 위해서 거짓을 주장하는 거라 몰아세우면 그만이기는 했다.

이제는 백작의 신분이었고 마스터의 반열에 올라있기에 가능한 처세였다.

"주이인~"

멀리서 에일리의 음성이 들려왔다. 그리고 그녀의 어깨에 둘러진 갈색의 로브가 눈에 들어왔다.

"설마……."

점점 더 가까워지는 그녀의 등에는 블링크 마법으로 빠져나갔던 로이건 자작이 기절한 채 들려 있었다.

"흐… 하하하하! 지지리 복도 없는 놈이로군. 하필 에일리의 옆으로 떨어지다니. 크크크큭!"

쿠웅!

바닥에 거칠게 내동댕이쳐지는 로이건은 여전히 기절한 채 깨어나지 않았다. 그런 로이건을 향해 에일리의 독설이 퍼부어졌다.

"흥! 저 뚱땡이, 냄새나. 아휴! 코가 썩었어. 킁킁!"

에일리는 로이건의 냄새에 고운 인상을 찡그리며 킁킁거리다 이내 이안의 품으로 파고들며 말했다.

"에일리는 주인님의 향기로 코 정화한다. 킁킁! 아~ 좋다아~"

"뭐? 후… 후후후!"

이안은 그저 웃으며 장한 일을 한 에일리의 머리를 쓰다

듣어 줄 뿐이었다. 그리고 포로로 잡힌 두 마법사는 기절한 로이건을 사정없이 발로 밟으며 배반당한 울분을 풀 수 있었다.

5장

4군단 복상

　로이건을 사로잡은 이상 그를 원래의 계획대로 만들어야
했다. 가장 편한 방법은 노예로 만들어서 그를 종속시켜 버리
는 방법이 있었다.

　하지만 그것은 같은 6클래스의 마법사이기에 자칫 문제가
생길 수 있는 그런 방법이었다.

　'무슨 방법이 좋을까? 흐음…….'

　마탑이 아닌 귀족가에 종속된 마법사들은 거대 마탑이나
왕실마탑에서 소외된 자들이었다. 그들이 원하는 것은 7클래
스를 이룩하여 자신만의 마탑을 만드는 것이라 할 수 있었다.

'역시 그 방법뿐이려나?'

이안은 마법사라면 누구나 빠져들 수밖에 없는 수단을 떠올렸다.

나중에 자신만의 마탑을 세우길 원하는 마법사들이라면 반드시 필요한 것이 있었기에 가능한 방법이었다.

끼익!

문을 열고 안으로 들어가는 이안은 의자에 결박당한 채 눈을 부릅뜨고 있는 로이건을 보았다.

"으득! 나를 어떻게 하려는 것이더냐!"

로이건은 자신을 이렇게 붙잡아 놓을 때는 죽이지 못한다는 것을 생각했는지 독기가 흐르는 말투로 외쳤다.

"어떻게 할까? 죽여줄까? 그래, 그게 좋겠어. 살려두는 것도 그리 좋은 생각은 아닌 것 같고 말이야."

"뭐, 뭐라!"

로이건은 갑자기 죽인다고 하니 가슴이 철렁 내려앉았다. 설마 귀족인 자신을 이렇게 자연스럽게 죽인다고 말할 줄은 생각지도 못한 것이었다.

"어차피 이번 반란이 끝나면 레마겐 그자는 내 손에 죽어. 그러자면 손발부터 잘라놓아야지, 안 그래?"

이안이 하는 말에 로이건은 가슴이 철렁 내려앉았다. 레마겐 후작이 군단장이기는 해도 후작령이라고 하기에는 조금

미흡한 영지를 가지고 있었다.

봉신 가문들까지 다 합치면 3만은 넘는 사병들을 끌어 모으겠지만 그게 다였다. 이번에 헥토르의 반군이 올라오기 전에 이안이 시밀로프 후작을 처리한 전투를 떠올려보면 레마겐 후작이 밀린다는 것이 그의 판단이었다.

"그, 그러나 레마겐 각하의 뒤에는 다아크 공작 각하께서 계신다. 그분이 가만 계실 거 같은가!"

다아크 공작의 이름으로 겁을 주려했으나 오히려 이안의 얼굴에 걸리는 조롱하는 듯한 미소가 가슴을 칼로 찌르는 듯했다.

"다아크 공작도 마지막에는 처리해야겠지. 그 매국노 새끼!"

매국노라는 말에 로이건 자작의 얼굴에 의아하다는 듯한 표정이 지어졌다.

"다아크 공작 각하께서는 국왕 전하를 위해 지금껏 평생을 싸워 오신 분이시다. 말을 조심하라!"

친분도 친분이지만 레마겐 후작 진영에서 가장 우러러보는 어른이 바로 다아크 공작이었다. 그런 그에게 매국노라는 말을 하는 것을 참기 어려웠다.

"훗! 그런 새끼가 로크 제국의 크리스토퍼 대공의 지령을 받고 나라를 팔려고 하나? 지나가는 개가 웃을 소리를 하는군."

"말도 안 되는 거짓말을 하지 마라! 다아크 공작 각하께서는 절대 그럴 분이 아니다!"

"믿든가 말든가 그건 내 알바 아니다. 그리고 그런 것을 내가 굳이 증명해야 할 이유도 없겠지. 하지만 그거 아나?"

"뭐, 뭘 말인가?"

"이 감옥 깊숙한 곳에는 크리스토퍼 대공의 수하인 두 마스터가 잡혀 있다는 걸 말이야. 한번 보겠나?"

"으으⋯⋯."

크리스토퍼 대공의 두 부하이자 마스터인 자들이 잡혀 있다는 말에 로이건은 뭔가 심상치 않은 분위기를 느꼈다.

"그자들이 그러더군. 크리스토퍼 대공의 명으로 마동포의 비밀을 빼앗으러 왔다고 말이야. 근데 웃긴 게 뭔지 아나?"

"뭐, 뭐요?"

이제는 뭔가 이상한 느낌을 느끼는지 말이 조심스럽게 변했다. 그런 변화에 이안은 조금 더 다가가며 로이건 자작의 어깨를 두드리며 말했다.

"헥토르가 왜 요새를 버리고 북상했을까? 그리고 왜 그때를 노려서 두 마스터가 드워프 마을을 습격하려고 했을지 생각해 보라고."

"으음⋯⋯."

헥토르 후작의 반란군이 철옹성이라고 할 수 있는 요새를 버리고 북상한 것은 로이건 자작도 이상하게 여기던 차였다.

　반년 넘게 버틸 수 있는 전력이었고 그 시간이면 국제정세가 변해서 다시 기회를 얻을 수도 있었다.

　그런데 그 모든 것을 버리고 북상했다는 것은 누군가의 사주가 있었다는 말이었다. 지금의 대화 이전에는 체이스 제국에서 마동포를 빼앗아서 오라고 지령을 내렸을지도 모른다는 생각을 했었다.

　"눈으로 보이지 않는 부분까지 읽을 수 있을지는 모르겠지만 잘 생각해 봐."

　이안은 그렇게 말한 후 고민에 잠긴 로이건 자작의 앞에서 두툼한 마법서를 꺼내 읽었다.

　생각하는 동안 마법서를 읽고 있겠다는 듯한 행동이었지만 그것이 로이건 자작의 호기심을 자아냈다.

　'마법서… 저 정도의 두께라면 보통 마법서는 아닐 것인데…….'

　그가 알기로도 이안은 6클래스를 마스터한 고위 마법사였다. 그런 사람이 허접 쓰레기 같은 마법서를 읽을 이유는 없을 것이었다.

　마법학개론 같은 원론적인 부분을 서술한 책이 아니라면 저렇게 두꺼울 이유 또한 없었다.

　"보고 있는 마법서가 무척 두꺼운데… 누가 남긴 마법서요?"

"잠깐만… 아… 이게 이렇게 되는 거였군… 뭐 별 거 아니야. 대마법사 레이첼 님이 남긴 마법서지. 오! 이렇게 인챈트하면 성공확률이 더 올라가는군. 좋구나 좋아!"

마법서에 푹 빠져서 아무 생각 없이 이야기하는 듯싶었다. 그것이 로이건 자작을 더욱 심하게 자극했다.

"레이첼 님이라면… 설마! 5백 년 전에 사라졌던 그 천재 여마법사를 말하는 겁니까?"

"아! 정말… 그렇다니까! 인간으로서 최초로 9클래스를 이룩한 천재 마법사 프록시나 폰 레이첼 님이 남긴 최고의 마법서라고!"

"아아… 그, 그럴 수가……."

로이건은 끓어오르는 탐욕을 억누를 수 없었다. 마법사라면 누구나 상위 마법사가 남긴 유진을 얻고자 하는 열망이 있을 것이었다.

특히 마탑에서 쫓겨나 홀로 마법을 개척해 나가야 하는 처지라면 그 욕심은 더할 것이었다.

그런 상황에서 9클래스의 마법이 담겨 있는 마법서라는 말에 기함을 하고 말았다.

"으으… 저, 정말 9클래스의 마법이 담겨 있는 거란 말입니까?"

"물론! 왜 서클에 대고 마나의 맹세라도 해줘?"

"아, 아닙니다. 으음…….'"

로이건은 정신이 하나도 없었다. 9클래스의 마법사가 남긴 유진을 한쪽이라도 볼 수 있다면 소원이 없겠다는 생각에 주군인 레마겐 후작은 안중에도 없어졌다.

'보고 싶다… 아니, 갖고 싶어… 크흐으으…….'

로이건 자작은 어떻게 해서든 저 마법서를 보고 싶다는 그 열망을 억제하지 못했다.

"왜? 이 안의 내용이 궁금한가?"

"크흠… 궁금하다기보다는… 그러니까 그게…….'"

안절부절 못하는 로이건을 보며 이안은 슬쩍 마법서를 테이블 위에 펼쳐놓았다.

7클래스의 마법수식과 마법진이 기록되어 있는 페이지로 인챈트를 더욱 효과적으로 할 수 있는 방법에 대한 내용이었다.

"헉! 이, 이건… 어떻게 이런 방법이… 아아…….'"

한 페이지만 보고도 로이건은 그 내용의 심오함에 경악을 금치 못했다.

휘릭! 타악!

조금이라도 더 보기 위해서 눈을 동그랗게 뜨고 있던 로이건은 갑작스럽게 들려오는 소리와 함께 마법서가 닫히자 아쉬움이 가득한 눈으로 이안을 쳐다보았다.

"제, 제가 어떻게 하면 되겠습니까? 어떻게 하면 그 마법서를 볼 수 있느냐는 말입니다."

로이건은 이제 세상 그 어떤 것보다 저 마법서를 보는 것이 가장 중요해졌다.

이제까지 마탑의 견제와 질시 속에 살아 온 탓에 6클래스의 마법도 전부 익히지 못한 상태였다. 그런 상황에서 한줄기 빛이 보인 것이니 그 빛을 따라가지 못하면 당장에라도 죽을 것만 같이 느낀 것이었다.

"후후! 당신도 천생 마법사로군."

"그야 당연한 말 아닙니까? 마법을 위해서라면 이 목숨도 바칠 수 있습니다. 그러니 제발……."

"보여주지. 단 조건이 있어."

"조, 조건이라면……."

"간단해. 매국노인 그 개자식을 버리라는 거지."

"그것은……."

아무리 마법에 목말라 했고 그것을 보기 위해서라면 영혼이라도 팔 수 있을 것 같았지만 선택의 순간에는 잠깐 망설여졌다. 사람인 이상 정이라는 것이 그렇게 만들었다.

"하겠습니다. 그가 매국노라는 백작 각하의 말씀대로라면 제가 거리낄 이유가 없습니다."

"후후! 잘 생각했어."

이안은 무릎을 꿇고 있는 로이건의 손을 손수 잡아 일으키며 환하게 웃어주었다.

7클래스에 해당하는 마법서만 보여주었음에도 로이건은 스스로 마나의 맹세까지 해가며 충성심을 보여주었다.

그리고 그와의 대화를 통해서 이안은 부족했던 부분들, 독학으로 마법을 익히면서 건너 뛰었던 부분들에 대해 알 수 있게 되었다.

"저에게 마법사들을 대거 모을 수 있는 방법이 있습니다. 헌데 그 방법을 쓰려면 각하의 결단이 필요합니다."

로이건은 대부분의 항장들이 그러하듯이 공을 세우기 위해 필사적이었다. 처음부터 이안을 따랐던 이들보다 자신의 능력이 더 높음에도 불구하고 신뢰를 받지 못하는 것을 따라잡기 위함이었다.

"마법사들을 모을 수 있는 방법이라… 뭐지?"

"간단합니다. 마법서를 푸는 겁니다."

"음… 나도 그런 방법을 쓸까 고민도 했지만 접점이 없어서 말이야."

이안의 말에 로이건 자작은 피식 웃으며 '이것이 연륜이다'라고 보여주려는 듯이 어깨를 쫙 폈다.

"제 친구 중에 정보길드의 마스터가 있습니다."

"그래? 호오! 대단한데?"

"그 친구에게 의뢰를 하면 마탑에서 소외받는 마법사들이나 용병길드에서 용병으로 일하는 마법사들을 소개받을 수 있습니다.

그들에게 마법서의 일부만 보여주더라도 그들은 대번에 각하께 올 것입니다."

이안도 자신만의 정보조직을 만들고 그들에게 명령을 내려뒀었다. 하지만 그들은 한번 뿌리째 뽑혔던 조직을 다시 정비하는 것에 시간을 대부분 쏟아부었다.

게다가 시밀로프 후작과의 싸움을 위해 그것에만 몰두를 했기에 아직 마법사나 필요한 인력에 대한 것을 조사하지 못하고 있었다.

"어떻게 하시겠습니까?"

"아무리 친구라고 해도 부탁은 곤란해. 그런 부탁이라는 것은 얼마든지 말이 세어나갈 여지가 있거든."

"아… 그럴 수도 있겠군요."

"차라리 의뢰를 하도록 하지. 잠시!"

이안은 아공간 가방에서 플래티넘 골드가 들어 있는 금화 주머니를 꺼냈다. 족히 1만 골드는 넘게 들어 있을 주머니를 꺼내 로이건에게 건넸다.

"이걸로 의뢰비를 주도록."

"각하! 저에게도 돈은 충분히 있습니다."

로이건은 자신이 충성이 보이는 길이라 여겼기에 스스로 해내고 싶었다. 그런데 이안이 돈을 건네자 조금은 서운한 마음에 손사래를 치며 거부했다.

"후후! 나는 로이건이라는 사람을 얻은 것으로 충분해. 그러니 그걸로 의뢰비를 하도록 해."

"각하……."

로이건은 이안의 말에 가슴이 울컥했다.

비록 적이 아닌 적으로 만난 관계였지만 지금은 한편이 되었다. 그리고 사내는 자신을 알아주는 사람을 위해서 죽는 것이지 않던가.

"충성을 다하겠습니다, 주군!"

각하라는 호칭에서 주군이라고 부르는 것에 이안은 머쓱했는지 입꼬리를 살짝 말며 미소 지었다.

"이안! 여기 있냐?"

대회의실의 문이 발칵 열리고 토리가 들어왔다. 조금은 들뜬 모습을 보이는 것에 이안은 의아했다.

"무슨 일이 있냐?"

"4군단이 30km 동남쪽 지점으로 올라왔다."

"그래? 호오… 생각보다 빠른데?"

"전령이 왔는데 만나 볼래?"

"그러자."

이안은 로이건에게 살짝 손을 들어 자리에 있으라는 신호를 보낸 후 자리를 떴다. 문 밖으로 나오자마자 토리는 전령에게 들은 이야기를 이안에게 귀뜸해 주었다.

"레마겐 후작이 진군 속도를 맞추라고 4군단을 압박했던 모양이더라고. 그런데 국방성장 각하께서 목을 베겠다고 엄포를 놓으니 이때다 싶어서 무식하게 진군했던 모양이야."

"그래? 훗! 레마겐 그 개자식을 어떻게 하면 좋겠냐?"

"그러게 말이다. 중장 계급장을 단 사람을 대령이 어떻게 해볼 수도 없고… 열 받아서 죽는 줄 알았다."

"전령은 아직 남아 있냐?"

"왜, 만나 보게?"

"4군단장을 만나볼 생각이다."

"흠… 좋은 생각인지는 모르겠다. 아직 그 사람의 성향이나 어느 쪽 라인인지도 모르잖아?"

"후후! 그걸 알아보려고 만나려는 거야."

"그렇다면 만나야지. 불러올까?"

"아니 내가 직접가야지. 그래야 모양새가 좋잖아."

"크크! 하긴 그렇기는 하다."

독립여단의 여단장에 불과한 이안이었다.

군대의 계급상 중장이라는 고위 장성을 대우한다는 것을

알리는 것에는 그가 보낸 전령을 직접 찾아가 만나는 것도 꽤
나 어필을 할 것이었다.


"처음 뵙겠습니다, 브로엄 중장 각하!"

"어서 오게, 레이너 준장."

브로엄 중장은 전형적인 군인의 모습을 겉으로 드러내듯
이 보여주는 인물이었다.

강직해 보이는 외향도 그렇지만 많은 부하들을 거느리는
자만이 보일 수 있는 카리스마와 굳건한 의지가 깃든 눈빛만
으로도 이 사람의 성향이 어떤 사람인지 알 수 있게 만들었
다.

'영지를 가지고 있지만 리만 국경을 수비하는 군단장답게
천생 군인으로 알려져 있는 자다.'

정치 군인과는 차원을 달리하는 전형적인 군인의 모습을
보는 것에 이안은 흐뭇한 마음을 갖게 되었다.

"나를 직접 보자고 했다고."

"네, 그렇습니다."

"허허! 헥토르의 반군을 막느라 정신이 없을 것인데… 아
무튼 만나서 반갑네."

"저 역시 그렇습니다, 각하!"

"일단은 앉지."

브로엄 중장의 휘하 사단장들과 참모들이 모두 참석한 자리인만큼 그들의 시선이 모두 이안에게 쏠렸다.

락토르 왕국을 구한 영웅이라고 알려진 이안이었고 지난 윈터폴 요새 함락작전을 통해서 뛰어난 군인으로 평가받으니 그를 유심히 살피는 장성들의 눈빛은 날카로운 매의 눈빛을 뿜어내고 있었다.

"다른 선배님들도 계신데 소개를 부탁드리겠습니다, 각하!"

"허허! 예의가 바르군. 좋네."

브로엄 중장은 이안이 자리에 앉기 전에 소개를 먼저 부탁하자 기분이 좋아졌는지 고개를 끄덕였다.

"우측에 앉아 있는 이가 리빙스턴 소장일세. 4군단 최고의 돌격대인 1사단장이지."

"리빙스턴일세."

"만나 뵈어 반갑습니다, 리빙스턴 소장님."

"다음은 2사단장인……."

이안보다 계급이 높은 10여 명의 사람들에 대한 소개와 대령급 이상의 고위 장교를 모두 소개받고 난 후에야 이안은 짧게 고개를 숙인 후 자리에 앉았다.

"이 급한 상황에서 나를 직접 보자고 한 이유가 있을 것 같네만."

상황이 상황인만큼 브로엄 중장은 외교적 언행은 일절 배제한 채 단도직입적으로 물었다.

"반란군을 진압하는 것도 중요하지만 그보다 더 총체적인 문제가 드러났기 때문입니다."

"총체적인 문제라… 반란은 문제도 아닌 큰 문제겠구만. 그런가?"

"맞습니다. 자칫 나라의 주인이 바뀔 정도의 문제입니다."

"으음…….."

나라의 주인이 바뀐다는 말에 브로엄 중장은 침음성을 흘렸고 일부 장성들은 탁자를 내려치며 자리에서 일어나 소리를 지르려 했다.

"모두 앉게."

"예, 각하!"

장성들을 진정시킨 브로엄 중장은 뭔가 고심에 찬 눈으로 이안의 눈을 쳐다보았다.

'나를 살피는 것인가? 후후… 하기사 괜히 중장의 고위 장성이 된 것은 아니겠지.'

이안은 한동안 말없이 눈싸움이라도 하듯이 브로엄 중장과 눈빛을 주고받았다.

"어딘가? 이 나라를 삼키려고 하는 곳이?"

"로크 제국입니다."

"뭐라! 로크 제국은 아국의 혈맹임을 모르지는 않을 터! 그런 말을 할 때는 증거가 확실해야 한다. 그건 알고 하는 거겠지!"

성질이 불같은 장성 중에 하나가 끼어들어 따지듯이 말했다.

"혈맹이라는 말은 함부로 하지 마십시오. 국제관계에서 영원한 아군은 없는 법입니다. 또 영원한 적도 없는 법이지요."

"크흠! 로크 제국이 아국을 도와 체이스와 맞서 싸운 지 벌써 200년이다. 그런 나라가 혈맹이 아니면 뭐란 말이더냐!"

이안이 하는 말에 장성은 발끈하여 수많은 세월 동안 나라를 도와준 로크에 편중되어 있는 사고를 고스란히 드러냈다.

"공짜로 싸워준 것은 아니지요. 그만한 대가를 매번 받아간 걸로 압니다만."

"그거야 당연히 해야 할 사례였다."

"그래요? 그런데 왜 우리는 도와주러 갔을 때 아무런 대가도 받지 못하고 와야 했을까요?"

"으음……."

로크와 체이스 제국이 맞붙은 적이 몇 번 있었다. 그럴 때마다 락토르 왕국군도 출병하여 체이스 제국의 국경을 넘어 공격을 가했었다.

모든 것이 로크 제국의 요청에 의한 것이었지만 사례는 한

번도 받은 적이 없었다. 피해는 고스란히 락토르의 몫이었지만 그것을 가지고 불만을 토로할 수는 없었다.

로크는 락토르가 도와주면 고마운 것이고 없어도 그만인 나라이다. 하지만 락토르는 로크가 도와주지 않으면 그대로 망국의 길을 걸어야 하는 나라이기 때문이었다.

"아무튼 로크 제국의 누군가가 아국을 노리고 있다는 정보입니다. 정확한 것은 아니니 선배님들만 알고 계시라는 차원에서 드리는 말씀입니다."

"흠… 알겠네. 그게 전부인가?"

브로엄 중장의 물음에 이안은 고개를 저었다. 지금까지는 반응을 떠보기 위한 것이었고 지금부터가 자신이 하고자 하는 대화였다.

"레마겐 후작을 몰락시킬 생각입니다."

"레마겐 중장을 말인가?"

"레마겐 후작이라고 말씀드렸습니다."

"허허허! 후작이라… 같은 군인으로서 대할 수 없다는 표현인가?"

"물론입니다. 자신의 욕심을 위해서 같은 군인을 짓밟으려 한자를 선배로서 대우할 수 없습니다. 그리고 그가 로크 제국의 누군가와 연결되어 있다는 첩보가 있는 이상 저에게 그는 매국노에 불과합니다."

"그게 정말인가?"

브로엄 중장은 레마겐 후작이 로크 제국의 끄나풀일지도 모른다는 이안의 말에 눈에 이채의 빛을 뿜어내며 물었다. 그역시 군의 선배인 레마겐이 못마땅해도 그동안 선배이기에 참아왔던 사람이었다.

"마스터의 명예를 걸고 드리는 말씀입니다."

기사의 명예보다 훨씬 윗줄에 있는 것이 검의 길을 깨달은 자로서의 명예였다. 그 말에 브로엄 중장은 고개를 끄덕거리며 믿겠다는 뜻을 보여주었다.

"해서 그자를 빠져나올 수 없는 수렁 속으로 밀어넣을 생각입니다."

"수렁 속으로 밀어넣는다라… 어떻게 말인가?"

"간단합니다. 그가 올라오기 전에 헥토르의 반군을 처리할 겁니다."

"그게 가능하겠나?"

헥토르의 반군은 여전히 그 수가 많았다. 독립여단의 군세가 국방성장의 명령에 의해서 1만 이하로 줄어든 이래 이안의 사병으로 바뀐 병력까지 합쳐서 그 반도 안 될 숫자였다.

"가능합니다. 4군단의 도움이 있다면 충분하다는 판단입니다."

"흐음… 내 휘하의 병력은 강행군을 한 탓에 하루는 충분히 쉬어줘야 하네. 안 그러면 제 능력을 발휘할 수 없어."

브로엄 중장의 말대로 지금 그의 병사들은 탈진하기 일보 직전의 상태에 있었다. 그런 병력을 움직이는 것은 지휘관으로서 절대 해서는 안 될 행동일 것이었다.

"병력은 필요 없습니다."

"병력이 필요 없다? 그럼 무엇을 원하는 것인가?"

"기간트 부대를 동원해주십시오."

기간트 부대는 기간트캐러밴을 타고 움직이는 탓에 피곤할 이유가 없었다. 그들은 언제라도 동원할 수 있는 즉시 전력이었고 최강의 무기였다.

"내 휘하의 4군단은 기간트 전력이 고작해야 30여 대일세. 그걸로 헥토르 그자가 거느린 기간트 전력을 깨뜨릴 수 없네."

"압니다. 견제만 부탁드리는 겁니다. 깨뜨리는 것은 독립여단의 신무기로 할 겁니다."

"신무기? 그게 뭔지 말해줄 수 있겠나?"

"후후! 그건 기밀이라 말씀드리기가 곤란합니다. 하지만 전투가 끝나면 절로 알게 되실 겁니다."

"흐음… 그래?"

브로엄 중장은 기간트 전력만 동원하면 되고 또 기간트 부대는 견제의 역할만 하면 된다는 말에 고개를 끄덕거렸다.

손쉽게 전공을 쌓을 수 있다는 것인데 반대할 이유가 없었다. 그리고 설령 실패한다고 해도 작전의 주공은 독립여단의 여단장인 이안이었다.

　실패하면 고스란히 그 패전의 책임을 이안이 지게 되어 있었다.

　"알겠네. 그럼 언제 출격할 생각인가?"

　"내일 아침 10시까지 저희측 동남쪽 진지로 기간트 부대를 파견해 주십시오. 그곳에서 적의 기간트를 모두 쓸어버릴 생각입니다."

　"10시라… 그렇게 하지."

　"후후! 현명하신 판단이십니다, 각하!"

　이안이 고개를 숙이며 약간의 아부성 발언을 하자 브로엄 중장은 그저 빙긋 웃으며 가볍게 손을 내저었다.


　"흐흐! 새로운 샤베른이 세상에 처음으로 선을 보이게 되는구만. 이거 가슴이 설레이는데?"

　아이언핸드는 늠름한 자태를 드러내고 있는 신형 샤베른을 보며 감상에 젖었다.

　그간 우여곡절을 겪으면 새롭게 만들어낸 병기인 마동포 탑재 샤베른은 두 팔을 공격과 방어의 개념이 아닌 철환을 집어넣을 수 있도록 길게 만들어 놓은 형태로 총 4문의 마동포가 탑재되어 있었다.

이안이 고심하여 만든 덕분에 한꺼번에 발포가 가능했고 각 한 문씩 각개 발포도 가능하여 근접전만 아니라면 기간트를 충분히 원거리 타격할 수 있도록 만들어졌다.

"그간 고생 많으셨습니다, 아이언핸드 님!"

"그 무슨 섭섭한 말인가. 우리 일족은 이런 멋진 물건을 만드는 일이라면 한 달을 안자도 절대 피곤하지 않다네. 하하하!"

아이언핸드의 말대로 새로운 신병기의 개발을 자신들의 손으로 한다는 즐거움에 그간 드워프 장인들은 잠을 잊은 채 일에 몰두했었다. 그 결과가 새로운 마동포 탑재 샤베른 15기가 필요한 시점에 맞춰서 만들어질 수 있었다.

'이제 이 샤베른이 등장하게 되면… 삼국은 깜짝 놀라게 될 것이다. 그리고 이걸 얻기 위해서 필사적으로 로비를 하게 되겠지. 후후후!'

전쟁 억지력이란 절대 공짜로 생기는 것이 아니었다. 남들이 가지지 못한 힘을 개발하여 절대 이길 수 없다는 생각을 갖게 만들어야 하는 노력이 필요한 것이었다.

그 노력의 결과물이 신형 마동포 탑재 샤베른이었고 이제 이 병기로 인해서 두 제국은 절대 락토르를 침범할 엄두를 내지 못할 것이었다.

"맥컬리!"

"말해!"

"전투 시작의 신호를 울려!"

"흐흐! 드디어 시작이로군. 북을 울려라!"

"추웅!"

병사들이 우렁차게 대답한 후 곧바로 고수들이 힘차게 북을 울리기 시작했다.

둥! 둥! 두둥! 둥! 둥! 두둥!

출전을 알리는 북소리가 울리고 헥토르의 부대에 의해 포위당해 있던 세 진지 가운데 동남쪽 진지에서 기간트들이 움직였다. 샤베른 30여 대와 쥘베른을 비롯한 이족 보행 기간트들까지 합하여 모두 42대의 기간트가 총 출동하는 것이었다.

"와아아아아! 출전이다!"

"적을 물리쳐라! 출전이다, 출전!"

우렁찬 함성과 함께 기간트 부대가 바위산을 내려가는 모습이 멀리서도 눈에 띌 정도로 기민하게 이루어졌다.


"드디어 시작인가? 브로엄의 기간트 부대는 어디에 있나?"

헥토르 후작은 브로엄의 4군단 기간트 부대의 움직임에 신경을 썼다. 어차피 이번 전투는 보여주기 위한 전투로 무조건

패하게 되어 있었고 가장 완벽하게 패배하는 모습을 보여주어야만 하는 것이었다.

"동남쪽 숲에 대기 중입니다. 아마도 독립여단의 기간트 전력이 총동원된 것을 보면 조금 나중에 끼어들 것입니다."

"이유는?"

"아무래도 전리품 때문이겠지요."

"크크크… 어리석은 놈들 같으니."

전투에서 상대편 기간트를 제압하면 그 부대가 그 파괴되거나 제압당한 기간트를 전리품으로 챙기는 것이 보통이었다.

샤베른이 주를 이루고 있는 이안의 독립여단이 50대에 달하는 기간트 전력을 갖춘 헥토르의 기간트 부대와 정면승부에서 이길 가능성은 없다고 판단한 것이었다.

해서 쌍방 간에 피 튀기는 전투가 끝나고 나면 어부지리를 노리겠다는 전략인 셈이었다.

"기간트 부대에 출전명령을 내리도록!"

"충!"

부관이 우렁찬 대답과 함께 헥토르의 반군 진영에서도 기간트 부대가 총출동하기 시작했다.


"워! 도대체 저건 뭐라고 불러야 하는 거야?"

4군단 기간트 부대를 이끄는 부대장인 머슬 준장은 독립여단의 진지에서 쏟아져 나오는 기간트를 보며 고개를 가로저었다.

"샤베른이라고 하던데 그 기체에 마동포를 단 거 같습니다. 그러니 마동포 샤베른이라고 해야 하지 않겠습니까?"

부관 중에 하나가 잘난 척이라도 하듯이 대꾸함에도 머슬 준장은 피식 웃으며 말했다.

"그런데 과연 저 샤베른이 실전에서 얼마나 쓸모가 있느냐 하는 점이지. 마동포라는 것이 원래 맞추는 것이 어렵기 때문에 수십 발을 쏘아야 한 발 맞출까 말까 하다고 들었는데 말이야."

"과연 장군이십니다. 움직이는 와중에 쏘는 마동포의 정확도가 문제겠지요. 흐흐흐!"

"바로 보았네. 활을 쏠 때도 살짝만 방향이 틀어져도 수백 미터 밖에서는 10여 미터가 넘는 오차가 나는 법인데 말이야."

그의 말대로 마동포 탑재 샤베른의 포격 능력이 얼마나 되느냐가 싸움의 관건이 될 것이었다.

그 점을 유심히 지켜보는 머슬 준장은 뒤쪽에 대기 중인 마법사에게 손짓했다.

"전투 장면을 마법영상으로 만들도록!"

"추웅!"

마법사가 힘차게 대답한 후 수정구를 들어 전투에 돌입하
는 두 부대의 싸움 장면을 세세하게 찍어내고 있었다.

**6장**

대치

쥘베른과 라페스트가 선두에 서고 그 뒤를 마동포를 탑재한 샤베른이 뒤따랐다.

그에 맞서서 일자 대형을 유지한 채 밀려나오는 헥토르 반군의 기간트들은 세 나라의 기간트가 혼합되어 있는 상황이었다.

'새로운 무기의 화력을 시험해야 할 순간이군.'

연습을 하기는 했지만 실제 기간트를 상대로 하는 포격은 해볼 수 없었다. 라페스트를 타고 선두에 서 있는 이안이 기간트의 팔을 움직여 전군을 정지시켰다.

―정지하라! 샤베른 부대 앞으로!

이안의 명령에 따라 라페스트와 쥘베른이 멈추며 좌우로 벌려 섰다. 그 사이로 15기의 샤베른이 대오를 갖췄다.

―일렬로 정렬!

―정렬 끝!

차차차차차차차착!

15대의 샤베른이 늠름하게 횡렬로 일자대형을 갖추며 늘어서자 좌우측으로 종렬로 늘이선 기간트들이 언제든 백업을 할 수 있도록 도열하며 준비를 마쳤다.

―지금부터 새로운 진형을 가지고 전투에 임한다! 모두 저속 전진!

―명! 저속전진!

쿵쿵쿵쿵쿵쿵쿵쿵쿵쿵쿵!

박력있게 나아가는 기간트들의 움직임은 이전에 찾아보기 어려운 새로운 진형을 선보였다.

그 모습에 멀리서 관전하고 있는 4군단의 기간트 라이더들은 그 진형이 어떤 위력을 선보일지에 대하여 깊은 관심을 기울였다.

'기간트의 전속 돌진은 초당 10미터 정도… 마동포의 철환 장전 시간은 30초… 그렇다면 400미터까지 접근한다!'

한 번의 타격으로 얼마나 정확하게 그리고 많은 숫자의 적을 제거할 수 있는지에 대한 실험이었다.

발포명령이 떨어지지 않는 것에 지켜보는 이들은 미친 짓이라는 생각이 떠오르기 시작했다.

솔져 급에도 간신히 턱걸이 하는 샤베른으로 워리어 급 이상의 기간트를 상대할 수 없다는 것은 누구나 아는 상식이었으니 너무도 무모해 보인 것이었다.

─샤베른 발포하라!

─발포하라! 발포!

이안의 명령이 떨어지자 기간트 부대를 책임지는 토리가 명령을 받아 우렁차게 외쳤다.

그러자 지금껏 느릿하게 전진하던 샤베른의 움직임이 살짝 멈추었다가 4개의 포신에서 일제히 하얀 바람의 폭풍을 뿜어냈다.

쾅! 콰쾅! 콰콰콰콰콰콰콰쾅!

총 60문의 마동포가 일제히 번개처럼 쏘아져 나가는 철환을 내뿜었다. 하얀 기류로 인해 시야가 흐릿해질 정도의 강력한 후폭풍이 기간트 부대의 전면을 어지럽혔다.

쎄에에에엑! 콰드드등!

첫발이 전진해 오던 헥토르의 기간트 부대의 라페스트의 다리를 부수며 지나갔다.

그것을 시작으로 10여 대의 기간트가 미처 화망을 피하지 못하고 자잘한 타격을 입은 채 쓰러져 내렸다.

─으득! 모두 전속력으로 돌진한다! 나를 따르라!

헥토르 기간트 부대를 이끄는 책임자가 독한 음성을 터뜨리며 전속력으로 내달리기 시작했다.

그러자 살아남은 40여 대의 기간트가 미친 듯이 쿵쾅거리며 전장을 주파해 나갔다.

─후후! 그래, 좀 더 오너라.

이안은 거리를 좁혀오는 적들의 움직임을 보며 조소하듯이 말했다. 그러다 200미터 정도의 거리까지 좁혀졌을 때 외쳤다.

─뒤로 물러나며 포격한다! 발포!

─뒤로! 조준사격을 가하라!

토리의 명령에 따라 기간트들이 뒤로 물러섰다. 6개의 다리를 가진 샤베른은 뒤로 물러서는 움직임을 보이는 것에도 전진할 때와 별반 차이가 나지 않았다.

"이거나 먹어라!"

"넌 내가 부순다! 캬웅!"

샤베른의 조종석에서 외쳐대는 조종사들은 신이 나서 포격레버를 잡아 당겼다.

콰콰콰콰콰콰콰콰콰콰콰쾅!

순식간에 마동포의 포신에서 재차 철환이 쏟아져 나왔다.

전속력으로 달려오는 기간트들을 향해 마주쳐 나가는 철환은 원거리에서 쏠 때보다 더욱 지독하고 강력한 화망을 구성한 채 적들에게 재앙을 선사했다.

콰앙! 콰드드등! 푸캉!

또 한 번의 포격으로 10여대가 넘는 기간트가 미처 피하거나 쳐내지 못하고 철환에 맞고 쓰러져 내렸다.

그러나 헥토르 반군의 기간트들은 결코 200미터라는 거리를 좁히지 못하고 있었다.

"우우… 저게 말이 된다고 생각하나?"

멀리서 관전하고 있던 4군단 라이더 단장인 머슬의 물음에 옆에 있던 부하 라이더는 고개를 가로 저었다. 샤베른은 분명 라페스트의 상대가 될 수 없는 기체였다.

그런 기체에 마동포가 달렸다고 해서 별반 차이가 없을 거라 생각했던 자신들의 예측이 너무도 무참하게 어긋나 버린 결과였다.

돌격해 오는 속도에 맞춰서 물러서는 기민함도 갖추고 있었고 4문의 마동포로 쏘아대는 화력은 무서울 만큼 강력했다.

"저 병기가 등장한 이상… 라이더들은 살길을 찾아야 할 거 같습니다, 각하……."

"으음……."

머슬 준장은 부하의 말에 침음성을 삼키며 뭐라 말할 수 없는 자괴감을 느껴야 했다.

진짜 곤충이 기어가듯이 기민하고 정확하게 움직이는 저 샤베른을 잡을 방법이 무엇일지 생각해 보았지만 아무런 대책도 떠오르지 않았기 때문이었다.

'이제 전장은 저 샤베른이 휘어잡겠군… 하아…….'

머슬 준장은 부하들의 사기를 생각해서 길고 긴 탄식을 속으로 삼켜야 했다. 그러나 그런 탄식은 그뿐만이 아닌 4군단의 모든 라이더들이 흘리는 탄식이었다.


―계속해야 합니까?

헥토르 휘하의 라이더들은 어마어마한 위력을 보여주고 있는 샤베른에 기가 질려 버렸다.

비록 사전에 약속된 것이 있었기에 파괴될 때 마법스크롤로 탈출한다지만 기분이 썩 좋을 리 없었다.

―계속 간다. 전속력으로!

―크으… 명!

쿵쿵쿵쿵쿵쿵쿵쿵!

마나코어가 터져 나가도록 라이더들은 최고 속도를 유지한 채 샤베른을 잡기 위해서 달려 나갔다.

거리가 좁혀지기는 했어도 그 거리라는 것이 100여 미터 정도였고 그간 3번의 포격으로 25기의 기간트가 파괴된 상태였다.

—또 온다!

—조심해! 막지 못할 거 같으면 스크롤을 찢어라!

—대장이나 잘 하슈!

—거참… 나중에 보자!

쎄에에에에엑!

바람을 가르며 날아오는 철환을 느끼기는 했지만 그 속도가 워낙 빠른 탓에 눈으로 따라잡기는 어려웠다.

그러나 그 철환이 자신의 기간트를 노리고 있다는 것쯤은 파악할 수 있었다.

—제길… 나로군.

선두에서 방패를 든 채 돌진하던 라이더는 철환의 목표물이 자신이라는 것에 이를 바드득 갈았다.

그러나 피하려고 하는 범위를 모두 노리고 날아들고 있었기에 피할 수도 없었다.

최대한 노력한다면 피할 가능성이 보이기는 했어도 그렇게 하면 거체인 기간트인 탓에 동료의 기간트를 방해하는 것이 문제였다.

—최대한 막아! 타앗!

라이더들의 대장은 자신의 기체를 향해서 날아오는 철환

을 순간적인 움직임으로 해소하며 다른 철환은 거검으로 쳐
내버렸다.

콰앙! 콰드드등!

—으아아! 맞았다! 탈출… 탈출한다!

후웅! 파앗!

철환에 의해서 머리가 박살 난 기간트 한 대에서 마법적인
유동이 일어났다.

블링크 마법스크롤을 이용하여 라이더가 탈출한 것이었
다. 그런 반응이 여기저기서 속출하고 결국 남은 것은 15대에
불과한 기간트만이 남아 있을 뿐이었다.

—정말 지독하게 당하는구만.

—이런 싸움은 처음이지 싶은데요, 대장?

—그러게 말이다. 흐흐! 접근도 못해보고 당하다니… 이거
야 원…….

기간트캐러밴을 이용해서 움직이고 적진에서 빠히 살피고
있는 상황에서 진격을 해야 하는 기간트로는 저 무시무시한
샤베른을 이길 수 없다는 판단에 라이더들은 고개를 절레절
레 저었다.

—어라! 저놈들이 다가옵니다!

—큭! 이젠 맞붙어도 이길 수 있다 이건가?

—쓰벌! 그냥 몇 대 부숴버립시다. 열받아서 이대로는 그냥

못 가겠소.

─흐흐흐! 그것도 좋겠지. 가자!

─크크! 역시 대장이라니까. 한 대는 반드시 부숴주지. 가 잣!

15대만 남았다고 해도 워리어 급 이상의 기간트에 탑승한 자들이었다. 그들은 철저하게 원거리 포격에 당한 동료들의 억울한 원한까지 담아서 반파 정도는 시키고 탈출하기로 작정했다. 그리고 그렇게 하는 것이 지켜보고 있는 4군단 라이더들의 의심을 피할 수 있는 방법이라 생각했다.

─오호라! 저놈들이 독하게 달려오는데?

─후후! 그래 봤자다. 진형 테스트를 하려고 하는 거니까. 최선을 다해야 할 거야.

─맡겨둬라. 이젠 이놈을 타는 것도 익숙하니까.

─주군, 염려 마십시오. 비록 기간트를 모는 것이 어렵기는 해도 방어만 하는 거라면 충분합니다.

토리와 제니스 등이 자신감 넘치는 발언을 하며 조금은 더 빠르고 강한 움직임을 선보였다.

─충돌 50미터! 선두 방어대형으로!

─방어대형!

이안의 라페스트를 시작으로 직각형태로 좌우에 나뉜 채 달리던 이족보행 기간트들이 샤베른의 앞쪽으로 방향을 틀었다.

그러자 충돌이 거의 임박했을 무렵에는 이열로 늘어선 채 샤베른을 완벽하게 방어하는 모양새를 띄게 되었다.

—방패 들어!

—합!

공격을 완전히 배제한 채 두 개의 대형 강철 방패를 두 팔에 든 기간트들이 밀착하며 완벽한 방어태세를 갖췄다.

—부숴라! 밀어버려!

—동료의 복수다! 죽엇!

달려오던 헥토르 반군의 기간트들은 독기 어린 음성을 토해내며 거칠게 대 기간트용 병기를 휘둘렀다.

—참착하라! 막기만 하는 것은 공격하는 것보다 쉽다!

—명!

쉬이익! 투캉! 콰직! 쾅쾅!

병기가 휘둘러지는 것을 미친 듯이 막기만 하는 것이라 동화율이 부족하더라도 충분히 버텨낼 수 있었다.

—무조건 부숴야 한다. 힘을 내!

—방패 두 개로 막기만 하다니…….

—이럴 거면 뭐 하러 나온 거냐, 이 개자식들아!

반군의 라이더들은 밀착대형으로 바짝 달라붙은 채 방어에만 매달리는 이안과 휘하의 라이더들에게 욕설을 퍼부으며 도발했다.

그러나 철저하게 방어만하는 통에 오히려 그들이 틈을 보이기 시작했다.

—방패치기! 밀어!

—합! 합! 합!

쿠쿵! 파캉! 쿵쿵쿵쿵!

일제히 기합을 터트리며 이안의 기간트들이 방패로 반격을 시도했다.

방패는 방어용이라 생각하기 쉽지만 대형 강철방패는 그 무게로 인해서 어지간한 무기는 우습게 여길 정도로 강한 타격력을 갖추고 있었다.

그 때문인지 틈을 보였던 헥토르의 기간트들이 방패에 밀려 뒤로 연신 밀려나야 했다.

—지금이다! 숙여!

—명!

이안의 명령에 맞춰서 방패로 밀던 기간트들이 동작을 멈추고 일제히 기간트를 움직였다.

거체가 다리를 접고 숙이자 순식간에 10미터가 넘는 체고가 절반 이하로 줄어들었고 뒤쪽에서 철환을 장정한 채 대기하던 샤베른의 포신이 드러났다.

—이거나 먹어라! 발포!

—발포! 발포하라!

콰콰콰콰콰콰콰콰콰콰쾅!

일자대형을 유지하던 적들은 밀려나는 통에 균형을 잡으려 애쓰던 찰라였다.

그 찰나의 틈을 노려 퍼부어진 철환은 그대로 몇 십 미터도 떨어지지 않은 헥토르의 기간트들을 그대로 타격했다.

—으… 으아아아아!

—탈출! 탈출하라!

이렇게 싸울 줄 몰랐던 헥토르의 기간트 라이더들은 단 2초의 시간 만에 괴멸적 타격을 입어야 했다.

가지고 있는 스크롤을 찢어 탈출한 라이더들이 모두 떠나고 남아 있는 기간트들은 가슴과 팔다리에 구멍이 숭숭 뚫린 채 바닥으로 무너져 내렸다.

—들어라! 적의 기간트는 모두 파괴되었다! 아군의 기간트 부대가 선봉에 설 것이니 독립여단의 병사들은 지금 즉시 적을 섬멸하라!

"우와아아아아아아아!"

"총 공격이다! 나를 따르라!"

위에서 병사들을 준비시키고 대기하던 맥컬리의 우렁찬 외침을 시작으로 1만이 넘는 독립여단의 병사들이 일제히 진지를 박차고 나왔다.

50여 기의 기간트를 한번에 박살 낸 무적의 기간트 부대가 선봉에 선 것이니 그들에게는 더 이상의 두려움이나 거칠 것이 없었다.

"이, 이런… 어떻게 이런 결과가……."

"대장님, 어떻게 합니까? 우리는 아무것도 한 것이 없는데 말입니다."

"아아… 미안하다. 내가 너무 충격적인 장면을 본 터라."

"아닙니다. 저희들 역시 패닉상태였습니다."

"저 샤베른 100기만 있다면 기간트전은 결코 로크 제국에도 밀리지 않을 것이다. 아니 오히려 압도한다고 봐야겠지."

"제 생각에도 그렇습니다. 한데 저희는 그냥 대기만 합니까?"

"흐흐! 이제 와서 끼어드는 것은 좀 그렇지 않겠냐?"

머슬 준장의 말에 휘하의 라이더들도 고개를 살짝 주억거렸다. 기간트로 적병들을 포로로 잡을 수는 없는 법이었다.

학살은 가능하겠지만 그걸 위해서 기간트를 움직이는 것도 조금은 무리라는 판단이었다.

보병대가 싸움에 끼어들려면 적어도 몇 시간은 걸릴 것이고 그때면 이미 전장은 정리가 될 것이었다.

"1연대는 우측으로 우회하여 적의 퇴로를 끊는다! 우회하라!"

"2연대는 돌격하라! 저항하는 자들은 모두 죽여라!"

"우오오오오오오오!"

사기충천하여 미친 듯이 내달리는 독립여단의 병사들의 움직임은 거침없이 이루어졌다.

아직 3만 명이 넘게 남아 있는 반군의 병사들은 퇴각명령이 없는 탓에 싸우려는 듯이 행동했지만 점점 다가오는 기간트의 압박에 주춤거리며 상당히 위축된 모습을 보였다.

'저놈들 눈을 막아야 하는데… 어쩐다?'

아무리 짜고 하는 것이라지만 전쟁에서 아무런 희생이 없다는 것은 있을 수 없는 상황이었다.

그것을 이상하게 여길지도 모르는 것이기에 매직아이로 관찰하고 있는 4군단 라이더들의 눈을 가릴 필요성이 있었다.

'그래, 그게 좋겠어.'

이안은 기간트를 몰아가며 뒤따라오고 있는 토리에게 말했다.

—토리!

"말해라."

—마동포의 에어블래스트 마법을 지면에 연사해.

"에어블래스트를?"

—최대한 흙먼지를 만들어 내야겠다. 저놈들 눈을 가리게
끔.

"아하! 알았다."

토리는 에어블래스트 마법으로 지면을 연속으로 강타하여
흙먼지를 거세게 만들어 내라는 이안의 말에 피식 웃었다.

방원 50여 미터는 거세게 휘몰아치는 에어블래스트 마법
이 전장을 휘감으며 저들이 보고 싶어도 흙먼지에 눈이 가려
질 것이니 말이었다.

"발포하라! 에어블래스트!"

"마동포 발포!"

후웅! 콰콰콰콰콰콰콰콰콰콰쾅!

"한 발씩 계속해서 쏜다! 마나석의 마나가 고갈될 때까지
갈겨!"

"추웅!"

15대의 샤베른이 사방으로 퍼져 나가며 헥토르군의 전면
에 미친 듯이 마동포를 갈겨댔다. 바람의 폭탄이 거센 흙먼지
를 피워 올리며 터져나가기 시작하자 이내 수만 명이 부딪히
기 시작한 전장은 자욱한 흙먼지로 시야가 가려질 정도로 변
해갔다.

"으아아아!"

"크아악! 살려줘!"

갑작스럽게 비명 소리가 요란하게 울렸다. 마동포의 포격 소리를 꿰뚫을 정도로 엄청난 비명 소리에 4군단 라이더들의 눈빛이 흔들렸다.

"이거 막아야 하는 거 아닙니까? 이 정도면 거의 학살 수준인데요."

"으음… 하지만 무슨 수로 막는다는 건가? 우리가 맡은 것은 기간트 대전에서 위험할 경우 도움을 주는 것이었는데."

"하지만… 저, 저길 보십시오!"

"뭐… 이런!"

마동포의 포격이 수십 차례 있고 난 후 적진의 모습이 보였다.

절반이 넘는 병력이 우회하여 포위하려고 하는 1연대의 포위망을 뚫고 헬카이드 산맥으로 도주하고 있었다. 그리고 나머지 반은 기간트와 독립여단의 병사들에 의해 완전히 포위되어 도망가지도 못하고 쓰러져 갔다.

일방적인 학살의 모습에 눈살이 찌푸려지려 할 때였다.

―항복하라! 무기를 버리는 자는 죽이지 않는다!

광량한 마나를 타고 흐르는 이안의 목소리가 전장을 뒤흔들었다. 그러자 살아남은 절반의 병력이 도망갈 엄두를 내지 못하고 무기를 바닥에 떨어뜨리는 모습이었다.

"허… 이렇게 빨리 끝나다니."

"크크! 이제는 끼어들 여지도 없군요. 어떻게 할까요?"

"어떻게 하긴 뭘 어떻게 해? 돌아가야지."

"역시 그렇겠죠?"

"퇴각한다. 모두 본대로!"

"예, 장군!"

4군단 라이더들은 씁쓸한 표정을 간직한 채 퇴각했다. 너무도 압도적인 광경을 목격한 뒤인 탓에 그들의 발걸음은 그어떤 때보다 무겁고 힘든 귀로가 되었다.


다가닥! 다가닥!

느릿하고 평화로운 진군을 하는 일단의 군대의 선두에 잡털 하나 섞이지 않은 순백의 아름다운 백마를 탄 레마겐 후작은 입가에 번지는 미소를 지우지 못했다.

"지금쯤 완벽하게 몰려서 아군이 도착하는 즉시 장군께 무릎을 꿇고 애원하게 될 겁니다. 하하하!"

휘하의 사단장이 하는 말에 레마겐은 지난번 자신에게 모욕감을 주었던 그 애송이 장군을 떠올렸다.

지금은 잘나가는 마스터의 반열에 올랐다지만 여전히 그가 느끼기에는 애송이요 천둥벌거숭이 같은 망둥이 정도였다.

"당연한 소리. 하지만 내가 그놈을 도와줄 이유는 없지. 개

박살이 난 다음에 헥토르를 잡고 내가 모든 것을 마무리 지을 것이야. 암! 그렇고 말고."

레마겐은 통통하게 살이 오른 개기름이 잘잘 흐르는 얼굴에 난 쥐꼬리같이 생긴 카이젤 수염의 끝을 엄지손가락 끝으로 쓸어 올리며 히죽거렸다.

"옳은 말씀이십니다. 지난 일만 생각하면 소장이 직접 목을 치고 싶지만… 뭐 이렇게 일이 마무리 되는 것도 나쁘지는 않습니다. 하하하!"

"이제 얼마나 더 가면 되는 것인가?"

"두어 시간만 더 가면 됩니다. 곧 척후가 돌아올 것이니 정확한 것을 아실 수 있을 겁니다."

"그래? 흐음……."

어서 빨리 절망에 빠져 자신에게 애원할 이안의 낯짝을 보고 싶은 마음에 시간이 참으로 더디게 흘러가는 듯했다. 그러다 앞쪽에서 흙먼지가 일어나며 수십기의 기마가 미친 듯이 달려오는 것이 보였다.

크히히히힝!

"보고합니다!"

1분도 안 되어 앞에 당도한 척후를 담당한 장교가 말에서 하마하며 외쳤다.

"고하라!"

"헥토르 반군이 괴멸적 타격을 입었습니다. 절반도 안 되는 무리가 헬카이드 산맥을 타고 체이스 제국으로 도주했다고 합니다!"

"뭐, 뭐라? 그, 그게 정말이냐?"

"사실입니다, 각하!"

"이이… 네놈이 잘못 본 것은 아니더냐?"

"아닙니다. 여기 독립여단장인 이안 레이너 준장이 보내는 회군 통보서를 가지고 왔습니다!"

"내놔봐!"

다급하게 회군 통보서를 뺏듯이 낚아챈 레마겐 중장은 안에 적힌 글을 빠르게 읽어갔다.

"으으……."

안에는 헥토르의 반군은 괴멸적 타격을 받고 두 제국의 영토라 할 수 있는 곳으로 도주했고 전장을 수습하는 중이니 2군단은 독립여단의 주둔지로 들어올 수 없다는 통보였다.

"이 말도 안 되는……."

"장군, 어떻게 하실 생각이십니까?"

"진군을 계속한다!"

"하오나… 독립여단은 국왕 전하와 국방성의 직속부대이기에 본 군단이 명분 없이 들어갈 수 없습니다. 게다가 돌아가라는 통보까지 받은 마당에 들어간다면… 자칫 아군끼리 교전이 벌어질 수도 있습니다."

휘하 장군의 말에 레마겐의 입가에 싸늘한 조소가 매달렸다.

눈에 어리는 잔혹한 살기까지 더해지자 보는 이의 가슴을 서늘하게 만들 정도로 광기 어린 얼굴이 만들어졌다.

"그러니 더더욱 들어가야지. 안 그래? 헥토르의 반군에게 괴멸적 타격을 입혔다면 부대가 얼마나 남았겠나? 절반? 아니지 아니야. 그 이하로 남았을 것인데 감히 내 부대에 칼을 겨눌 수 있을까?"

"그렇기는 하지만……."

"겨누면 겨누라고 해. 항명죄로 그놈의 목을 쳐버릴 것이야. 2군단장인 내가 말이다!"

"며, 명을 받듭니다!"

휘하의 장군들 또한 레마겐의 모습에 바짝 얼어붙었다.

한번 모가지가 달아난 상황에서도 불사조처럼 다시 자신의 자리로 돌아온 그의 배경이라면 충분히 덮을 수 있을 거라는 생각에 명을 따르기로 했다.


"이안! 2군단이 온다!"

전장 정리를 책임진 안드레아가 급히 달려오며 말하는 것에 이안은 서류에서 눈을 떼고 고개를 들었다.

정확하게 절반의 병력을 이안에게 넘기고 헬카이드 산맥으로 숨어든 헥토르 때문에 그가 남기고 간 병력과 물자 등에 대한 서류 작업이 무척 복잡했다.

그래서인지 하루 종일 서류와 씨름하다 간신히 서류에서 눈을 뗀 것이 안드레아의 보고라는 것에 인상이 찌푸려졌다.

"훗! 그 새끼들 기어이 올라왔다는 거냐?"

"어떻게 할래? 기간트를 전면에 내세우고 오는 것을 보면 그냥 돌아갈 거 같지는 않은데."

"얼마나 되디?"

"어림잡아 12만 정도 되는 거 같더라."

"12만이라… 많이도 몰려왔네."

레마겐 후작의 2군단은 한 번의 대패로 인해서 병력의 수가 고작해야 6만 정도밖에 되지 않았다. 나머지 반은 전공을 쌓아서 승작을 노리는 젊은 귀족들이 이끄는 귀족군이었다.

"요새를 방어할 최소한의 병력만 빼고 다 모아. 한바탕 난동질을 좀 해야 할 거 같으니까."

"괜찮을까?"

"후후! 언젠가는 해야 할 일이야. 그리고 명분은 우리에게 있으니 염려하지 말고."

"네가 알아서 해. 그럼 준비는 바로 하마."

"부탁한다."

안드레아가 나가자 이안은 테이블의 우측 서랍을 열었다. 그 안에 곱게 모셔둔 스크롤 200여 장을 꺼내며 볼살을 긁적였다.

"이걸 안 쓰게 되기를 바라야지… 레마겐 그 자식이 미운 거지 병사들은 락토르의 백성들이니까."

말은 그렇게 해도 머리는 알고 있었다. 레마겐과 그 부하들에게 며칠 동안 밤잠을 설쳐가며 만든 이 스크롤이 사용될 것임을 말이었다.

"후우… 그럼 나가볼까."

이안은 테이블 모서리에 세워둔 검을 벨트에 착용한 후 투구를 들고 자신의 방을 나섰다.

'기합이 잔뜩 들었군.'

나가면서 보이는 부하들의 눈빛은 상당히 매섭게 빛나고 있었다.

지난 전투는 전투가 아니라 연기를 하는 것이었기에 웃으며 행동했던 부하들이었다.

그런 부하들이 모두 살기등등한 눈빛으로 전장이 될지도 모를 곳으로 달려 나가는 것을 보니 쓴 웃음이 절로 지어졌다.

"어! 왔냐?"

"너도 가게?"

티모시까지 샤베른의 조종석에 올라탄 채 맞이하는 것에
이안이 물었다.

"레마겐 그 자식을 내 손으로 아주 박살 내고 만다. 그렇게
만 알아둬."

"후후! 녀석도 참."

티모시는 조금 별난 구석은 있어도 참 좋은 성격을 가진 친
구였다. 그런 친구가 벼르고 있다는 것은 레마겐이라는 놈이
얼마나 나라를 좀먹는 쓰레기인지 알 수 있는 대목이었다.

"알았다. 같이 가자!"

"흐흐! 내가 앞장선다!"

티모시가 샤베른을 몰아 진지를 내려가자 그 뒤를 남은 마
동포 탑재형 샤베른이 따르고 병사들이 오와 열을 맞춰가며
내려가기 시작했다.


둥! 두둥! 둥! 두둥!

전투를 알리는 전고가 아닌 느릿하게 울리는 북소리에 맞
춰 이안의 독립여단과 포로로 잡혀서 노예의 인장을 목에 건
새롭게 합류한 헥토르의 1군단 병력까지 합하여 3만에 이르
는 병력이 도열했다.

"가, 각하! 독립여단의 포진이 전투대형입니다!"

부하 장군 중에 하나가 지휘봉으로 가리키며 하는 말에 레

마겐 중장은 인상을 찌푸리며 이안의 독립여단을 바라보았다.

"흐음… 고작해야 3만 정도 되려나?"

"그렇기는 합니다만……."

"나 2군단장이야! 헥토르 그 새끼가 없어졌으니 이제는 내가 이 나라의 대들보인 1군단장이라고. 알아듣나?"

"그, 그렇습니다, 각하!"

"전령 보내서 이안 그 애송이 새끼 튀어오라고 전해. 명령에 따르지 않으면 명령불복종을 물어 씨몰살을 시킬 거라고 으름장을 놓으라고 해."

"아, 알겠습니다."

아무리 막가자는 거라고 해도 이렇게 황당한 명령을 내릴 줄 몰랐던 휘하 장군들은 고개를 살살 내저었다. 독립여단은 아무리 계급이 높은 군단장이라고 해도 명령을 내릴 수 없었다.

그런데 이렇게 나온다는 것은 윗선에서도 어느 정도 내락이 있었다는 뜻일 거라 믿었다.

그게 아니라면 자신들은 모두 역적으로 몰려 군복을 벗는 것뿐만 아니라 귀족의 작위까지 모두 달아날 판이었다.

'제발 덤벼라. 네놈의 목을 베어야만 하는 이유가 나에게 있으니.'

이안의 목을 베라고 지시한 다아크 공작의 명령이 계속해서 머릿속을 맴돌았다.

군단장으로 다시 복귀시키면서 내려진 그 밀명을 완성하면 자신의 앞길은 더욱더 탄탄대로를 밟게 될 것이었다.

"장군! 전령이 돌아옵니다."

"벌써? 흠… 알만하군."

전령을 보낸 지 10분도 채 지나기 전에 돌아온다는 것은 이야기도 들어보지 못하고 문전박대를 당했다는 뜻이었다.

"보고합니다!"

"고하라!"

"지금 즉시 회군하지 않으면 독립여단의 주둔지를 불법으로 침입한 것으로 간주하여 공격하겠다고 합니다."

"흐흐흐! 가소로운 놈이 감히 공격을 하겠다고 나불거리다니… 각 사단은 전투태세를 갖추도록!"

"충!"

사단장들이 명령을 받고 곧장 뛰어나갔다. 귀족군들은 아직 속속 후방으로 도착하는 중이지만 2군단의 병력만으로도 충분히 격파할 수 있다고 믿기에 그들의 행동은 거침이 없었다.

# 7장

꿀잠을 자자

   양측의 부대가 도열하고 선두에는 기간트들이 나서며 전
투에 대한 기세를 올렸다. 락토르 왕국의 범용 기간트인 젤러
스 40여 대가 선두로 나선 것에 비해 독립여단은 젤러스와 라
페스트가 혼합된 편성으로 20여 대가 나섰을 뿐이었다.

   '아군을 죽일 수는 없다. 기간트 대전으로 2군단의 기를 확
꺾어놔야 한다.'

   기간트 대전만 확실하게 이겨버린다면 2군단도 병력의 우
위라는 이점 외에는 독립여단을 이길 방법이 사라지게 되어
있었다.

그렇기 때문에 확실하게 기간트 대전을 승리로 마무리 짓고 2군단 진영을 접수하는 방법이 최선이었다.

'일단 명분 쌓기가 중요하겠지?'

이안은 적의 병력이 밀려들기 전에 먼저 명분을 쌓기 위해서 마법 통신을 넣었다.

후웅! 징! 징! 징! 징!

수정구에 마나가 주입되고 입력된 좌표로 마법통신이 이어지자 곧 익숙한 국방성의 마법통신실로 연결되었다.

─락토르 왕국 국방성입니다. 연결하신 분은 누구십니까?

"반갑소, 이안 레이너 준장이오."

─아! 레이너 준장님이시로군요. 정례 통신 시간도 아닌데 무슨 일로 연락을 넣으신 겁니까?

"2군단이 독립여단의 주둔지를 침범하여 퇴각을 요청했음에도 군대를 몰아 공격할 태세라 그에 대한 보고를 하기 위함이오. 국방성장 각하를 연결해주시오."

─그, 그런 일이… 잠시만 기다려 주십시오.

아직 헥토르의 반군을 격파한 것에 대한 보고가 올라간 지 겨우 하루 지난 시점이었다. 그런 상황에서 2군단이 침입을 해온 상황이었기에 연락을 받는 마법사도 황당하다는 표정이었다.

─그게 무슨 소린가? 2군단이 공격하려고 하다니?

국방성장은 인사말도 생략한 채 불같이 화가 난 목소리로 추궁하듯이 물었다.

"들으신 대롭니다. 헥토르의 반군은 독립여단이 대파하고 나머지 잔당은 두 제국의 영역으로 도주한 상황이라고 알렸습니다. 하여 2군단의 도움은 필요 없으니 독립여단의 영역 밖으로 물러나라고 통보를 했는데 막무가내로 군대로 몰아오고 있어서 말입니다."

―으음… 레마겐 이자가 미친 것이 아닌가!

국방성장은 레마겐에게서 그 어떤 보고도 듣지 못한 상황이었다. 그런데 그가 행군을 늦추며 북상하지 않다가 독립여단이 승리했다는 말을 듣고 급속 행군하여 독립여단의 영역 안으로 들어선 것이었다.

"이미 헥토르의 반군은 정리가 된 상황입니다. 다른 제국으로 도망간 자들은 우리가 추격할 수도 없으니 정리만 남은 상황인데 2군단이 독립여단의 영역으로 들어올 이유가 없습니다."

―그건 그렇지. 알겠네. 내 레마겐 중장에게 퇴각 명령을 하달하겠네.

"감사합니다, 각하!"

―아닐세. 아무리 생각해도 레마겐 그 작자가 미친 것이 확실해. 내 빠르게 조치를 취할 것이니 염려하지 말게나.

"후후! 아닙니다. 저는 2군단을 제 손으로 박살 내게 될까 그것이 걱정이지 독립여단은 염려하지 않으니까요."

─그래? 허허! 대단한 자신감이로구먼. 하긴… 그래야 락 토르의 새로운 영웅인 이안 레이너 준장이겠지. 다음에 또 연락하세.

"예, 부탁드리겠습니다."

후웅! 휘류류류룻!

마나가 회수되고 수정구의 유동이 멈추자 이안은 적진을 유심히 살폈다.

'과연 명령을 따를 것인가? 아니면 그대로 공격을 할 것인가? 내 바람이라면 무시하고 덤비는 것이지만 말이야.'

이안은 적의 지휘부가 몰려 있는 곳을 유심히 살폈지만 다른 반응은 나오지 않았다. 오히려 장군들이 각각의 부대로 돌아가며 전투에 대한 의지만이 더욱 크게 일어나는 것이 느껴졌다.

징! 징! 징! 징!

연락을 끊은지 고작해야 5분도 지나지 않을 시간에 도로 수정구가 울렸다.

"이안 레이너입니다."

─2군단과 마법통신이 되지 않네. 아무래도 고의로 받지 않는 것 같은데 말이야.

"그럼 어떻게 하면 되겠습니까? 지금 2군단에서 공격을 가해오려는 듯한데 말입니다."

─으음… 최대한 전투를 피하도록 하게. 아군끼리 싸울 수는 없는 노릇 아닌가. 내 4군단에 지시를 내려 돕도록 조치를 취할 테니 그때까지만 버티도록 하게.

"알겠습니다, 최대한 노력하겠습니다. 그런데 만약 레마겐 중장이 진짜 공격을 가해온다면 어떻게 하면 좋겠습니까?"

─으음… 그럴 경우 귀관의 재량에 맡기겠네. 하지만 최대한 싸우지 않는 방향으로 해주기를 바라네. 그럼 부탁하네.

전투를 피하라는 원론적인 지시만 내리고 연락을 끊는 국방성장을 보며 이안은 고개를 가로저었다.

'재량에 맡긴다라… 책임은 질 수 없다는 뜻이로군. 후후! 노회한 너구리답다고나 할까?'

이안은 피식 웃으며 라피드가 탑재되어 있는 팔찌를 쓰다듬었다.

이번 싸움에서는 라피드를 동원해서라도 저들의 기세를 확실하게 꺾어놓아야 할 것이라 판단한 것이었다.


"이안 레이너 준장은 들어라!"

전투가 시작되기 전 레마겐 중장이 백마를 몰아 앞으로 나와 외쳤다.

마법에 의해 증폭된 목소리인 탓에 전장을 쩌렁쩌렁 울리는 그 목소리에 이안도 앞으로 마주 나갔다.

"말하시오."

"나는 국왕전하의 명을 받들어 역적 헥토르 후작을 토벌하라는 명을 받았다. 그런데 감히 네놈 따위가 국왕전하의 명을 받은 나의 앞길을 막는가!"

"이미 헥토르의 반군은 박살 났고 남은 잔당들은 제국 쪽으로 넘어갔다고 통보했소. 그런데 무슨 연유로 2군단이 독립여단의 영역으로 들어온다는 말이오?"

"뭐라? 네놈이 헥토르와 짜고 그를 감춰두는 것인지 누가 안다는 말인가! 나는 군단장으로서 확실한 상황파악을 위해 내게 주어진 임무를 다하는 것이다. 그 신성한 임무를 방해하는 자는 역적과 내통한 자라는 의심을 지울 수 없다! 본 2군단의 감찰을 받지 않으면 그렇게 믿을 수밖에!"

"마스터의 명예를 걸고 헥토르의 반군은 격파되었다. 그러니 돌아가라! 이 이상 나의 명예를 더럽힌다면 그때는 2군단이라고 해도 적으로 간주하겠다!"

이안의 말이 떨어지자 2군단 진영이 웅성거리며 소란스러워졌다.

마스터의 명예를 걸고 하는 말이란 엄청난 무게를 지닌 것이고 그것을 무시하면 아무리 대제후라고 하는 후작이라고 해도 그 후폭풍은 어마어마할 것이었다.

"닥쳐라! 감히 애송이 따위에게 명예가 있을까 보냐!"

간단하게 이안을 깔아뭉개는 발언을 하는 레마겐 후작은 손을 들어 올리며 말했다.

"본 군단의 행사를 방해하는 자들에게 2군단의 무서움을 보여줄 것이다! 기간트 부대 진군하라!"

"훗! 아군을 향해 공격을 하겠다? 이거 역적 새끼로구만? 독립여단의 장병들은 들으라! 헥토르에 이어 또 다른 역적새끼가 출현했다. 모두 역적을 제거하여 락토르를 지키도록 하라! 전군 공격!"

"우오오오오오오오!"

2군단의 기간트가 저속으로 진군하기 시작하자 이안의 명령을 받은 독립여단 쪽에서도 대기하고 있던 기간트가 앞으로 나아갔다.

'한방에 부숴버린다… 개새끼!'

이안은 독기를 풀풀 풍기며 라피드가 탑재된 아티팩트에 마나를 주입했다.

"라피드 소환!"

후우웅! 징! 징! 징!

강력한 마나의 유동이 일어나고 마법진 속에서 나타나는 거대한 마신과 같은 모습의 라피드가 소환되었다.

"탑승한다!"

후웅! 휘류류류류룽!

이안의 신형이 마법진으로 빨려 들어가며 라피드 속으로 사라졌다.

—마스터의 탑승을 환영합니다.

"반갑다, 라피드. 마나코어 가동!"

—마나코어 가동합니다.

"동화율 체크!"

—동화율 체크합니다. 90%, 92%, 93… 94%! 동화율 체크… 95%! 마스터, 경하드립니다!

95%라는 동화율이 되었다는 라피드의 보고에 이안은 어안이 벙벙했다. 고작 1% 올랐지만 그 1%가 보이는 차이는 어마어마한 것이었다.

특히 라이딩 마스터가 되면 사용할 수 있는 기술인 오러뷰렛을 쓸 수 있다는 것은 기간트 대전에서 필승을 자랑할 수 있게 됐다는 의미이기 때문이었다.

"좋아! 기동한다."

—마스터의 뜻대로!

이안의 의지대로 움직이기 시작하는 라피드가 선두로 나서자 그 뒤를 라페스트와 젤러스로 이루어진 기간트들이 약간은 딱딱하게 움직이며 보조를 맞췄다.

'역시 아직은 훈련이 많이 필요하겠군. 그래도 새롭게 합류한 1군단 소속의 라이더들이 있으니 후방은 걱정하지 않아도 되겠어.'

헥토르가 퇴각하면서 기간트가 모두 박살 난 1군단 소속의 라이더들은 노예로 가장하여 독립여단에 합류했다. 안전을 위해서 가지고 간 10기의 라페스트를 뺀 나머지 기간트는 모조리 부서졌기에 지금은 라이더가 넘치는 상황이었다.

─돌격하라! 한번에 친다!

2군단 소속의 라이더 대장이 마법으로 증폭된 음성을 터뜨리며 미친 듯이 달려왔다. 수적으로 워낙 우세하다 보니 진형은 무시하고 그대로 2기가 1기를 상대하는 방식으로 싸울 요량으로 돌격해 오는 것에 이안은 싸늘한 조소를 머금었다.

'정보는 곧 힘이거늘… 상대에 대한 조사도 없이 무작정 들이대는 꼴이라니.'

이안은 느릿하게 걸어가며 라피드의 팔을 들어 올렸다. 그러자 뒤에서 따라오던 기간트들이 일자대형을 갖춘 채 밀집하고 그 뒤로 샤베른 15기가 움직였다.

─정지!

─정지, 정지하라!

이안의 명령을 받은 기간트들이 일제히 멈추며 방패로 앞을 가렸다. 그러자 이안은 라피드를 움직여 오른 무릎을 꿇는 자세를 취하며 팔을 아래로 내렸다.

─샤베른은 십자포화를 날려라!

"발포! 발포하라!"

샤베른의 조종사들은 가득 채워진 마나코어에 손을 가져다 대며 발사 레버를 당겼다.

"죽어라! 이놈들!"

"크하하하! 마동포의 무서움을 깨닫게 해주마!"

후웅! 콰콰콰콰콰콰콰콰콰콰쾅!

도합 60발의 마동포의 포탄이 번개처럼 쏘아져 나갔다. 거의 직선을 그리며 날아가는 포탄의 궤적이 달려오는 기간트들의 몸체를 노리고 매섭게 쏘아져 들어갔다.

─회, 회피기동을 하라!

─피해, 으아아아!

고작해야 20기의 기간트로 자신들을 막으러 나오는 것이 가소로워 무작정 달려들었던 라이더들이었다.

마동포는 요새나 진지에 배치하는 것이기에 배제했던 자신들의 생각을 무참히 깨뜨리는 결과에 당황하고 말았다.

─바, 방패로 막앗!

외마디 비명을 지르듯이 방패로 막으라는 명령을 내렸던 지휘관은 도합 7발의 철환을 막아내지 못하고 그대로 파괴되어 허무하게 쓰러져 내렸다.

—로메로 준장님이 당하셨다!

—으으… 며, 명령을!

지휘관이 죽었을 때 다음 번 서열대로 지휘권이 이양되기에 살아남은 라이더들은 새로운 지휘관이 된 젤러스를 타고 있는 자에게 시선을 돌렸다.

—계속 돌격한다. 마동포를 재장전하기 전에… 달려!

—며엉!

라이더들은 멀리서 보이는 샤베른의 기다란 팔이 마동포에 철환을 재장전하는 것을 보고 이를 앙다물고 달리기 시작했다.

거리도 300여 미터에 불과하여 재장전하기 전에 도달할 수 있다는 일념으로 달리는 거였다.

'어리석은 놈들 같으니……'

마동포의 포탄을 재장전하는데 걸리는 시간은 30초 정도였다. 저들이 달려오는 동안 재장전이 끝나지는 않을 것이지만 그에 대한 대비는 새로 합류한 라이더들로 인해서 완벽하게 끝난 상태였다.

—방패진을 갖춰라!

—충!

라이더들은 자신들이 호되게 당했던 그 방패진형을 갖추며 두 팔에 묵직하게 들린 방패를 쾅쾅 부딪치며 으르렁거렸다.

　─어서 와라! 방패의 무서움을 보여주마!

　─흐흐! 내가 당한 것보다 열 곱절 정도 더해서 돌려주지.

　─방패가 얼마나 무서운 무기인데 말이야. 하하하!

　라이더들은 자신들이 당할 거라는 생각은 일절하지 않았다. 막기만 하는 거라면 제아무리 라이딩 마스터라고 해도 당하지 않을 자신들이 있는 자들이었다.

　─쐐기진형으로 그대로 돌파한다!

　─쐐기진형으로!

　무턱대고 돌격하던 것에서 변화를 주어 방패진형으로 맞서는 적들을 돌파할 수 있는 쐐기진형을 만들며 달려오는 적들을 보며 이안은 빙긋 미소 지었다.

　'과연 나를 뚫을 수 있을까 모르겠네…….'

　방패진형의 앞쪽에는 이안이 서 있었다.

　다른 기간트들과는 압도적으로 다른 외관을 지닌 라피드의 생체형 장갑은 근육처럼 꿈틀거리며 그런 주인에게 어림없다고 알려주는 듯했다.

　'쐐기진형이 막히면 자연적으로 후미의 기간트가 앞으로 나오며 일자진형에 막히게 되어 있다. 그래서 쐐기진형을 쓰려면 선두에는 가장 강한 자가 서게 되는 것이고.'

　이안은 흉부에 킬마크가 여럿 새겨져 있는 기간트를 보고 자세를 잡았다. 한 번에 쐐기진형을 무력화시키려면 그와 뒤쪽을 두 기의 기간트를 완벽하게 박살 내야 하기 때문이었다.

─부대, 방패 들어!

─합! 합!

기간트들이 일제히 두 개의 방패를 들어 올리며 철벽의 방어진을 만들자 이안은 쐐기진형의 선두에서 달려오는 기간트를 향해 마주쳐 나갔다.

─혼자서 우리를 상대하겠다는 거냐? 미쳤군!

─후후! 결과를 보면 알게 될 것이다. 타앗!

이안은 달려 나가는 힘을 이용하여 기간트 라이딩에 있어서 절대 해서는 안 될 금기사항인 점프를 시전했다.

무거운 거체로 인해서 관절에 무리가 가기에 절대 점프를 해서는 안 되는데 그걸 어기고 10미터가 넘게 점프 공격을 해오는 이안을 보며 상대 라이더들은 비웃음을 머금었다.

─진짜 미친놈이었군.

─크크크크!

적들의 비웃음을 들으며 공중에서 빠르게 날아가며 거대한 검을 집어든 라피드는 두 손으로 잡은 검을 사선으로 내려쳤다.

후웅! 쎄에에에엑!

─헉! 피, 피해라!

―미, 미친!

라이더들은 이안의 라피드에서 쏟아진 오러뷰렛에 기겁했다. 기간트 라이더의 동화율이 95%를 넘었을 때에야 비로써 시전할 수 있는 오러뷰렛은 시전하는 라이더가 라이딩뿐만 아니라 검에 대해서도 마스터여야 가능했다.

콰직! 콰드드드드드등!

선두에서 비웃음을 날리던 기간트의 마나코어를 그대로 직격하며 들어가는 오러뷰렛이 그대로 장갑을 갈라버렸다.

―커억!

비명 소리를 내며 죽어가는 라이더의 진득한 비명 소리가 마지막으로 울리고 그대로 모로 쓰러지는 기간트의 뒤쪽에는 공포에 질린 라이더들의 기간트가 멈춰서 있었다.

―네놈들은 결코 죽어서도 명예롭지 못할 것이다. 왜냐하면 네놈들은 반역자라는 오명을 뒤집어쓰게 될 것이기 때문이지. 훗! 그럼 이제 죽어라!

이안의 독기 어린 음성이 퍼져 나가고 사기가 바닥으로 떨어진 라이더들은 반역자라는 말에 심장이 내려앉는 기분이었다.

자신들이 이긴다면 반역자는 이안이 되겠지만 그가 이긴다면 분명 그 반대의 결과가 나오게 될 것이 분명했다.

이겼을 때 어떻게든 우겨서라도 반역자로 몰 증거를 만들어낼 수 있지만 그게 아니면 자신들의 행위는 분명 아군을 공격한 반역자에 준하는 입장임을 그들도 잘 알고 있었기 때문이었다.

─으으……

─주, 죽여라! 무조건 죽여!

살아남은 라이더들 가운데 선임인 라이더가 외치자 라이더들은 벌벌 떨리는 심장을 진정시키며 마지막 발악이라도 하듯이 이안의 라피드를 향해 밀려들었다.

쎄엑! 쉬리리릿!

제일 선두의 두 기간트가 좌우에서 라피드를 향해 기간트용 렌스와 거검을 이용하여 공격을 가해왔다.

위쪽에서 찌르고 피하는 것을 감안하며 아래에서 횡으로 베는 그 공격은 무척이나 오랫동안 합격술을 연마한 자들이 할 수 있는 공격이었다.

─어림없는 수작!

이안의 라피드가 슬쩍 오른쪽으로 이동하며 반바퀴 신형을 틀었다. 렌스의 창날이 옆을 비켜 나갈 때 왼다리를 빙글 회전시키며 적 기간트의 옆구리를 사정없이 걷어차 버렸다.

콰직! 콰쾅!

부딪힌 기간트는 라피드의 킥을 피하지 못하고 그 힘에 의해 그대로 옆으로 튕겨나갔다. 그 때문에 거검을 휘두른 기간트와 충돌하며 두 대가 어지럽게 나뒹굴었다.

─삼각대형으로 공격하라! 3조는 우측으로 4조 좌측! 가라!

─하압! 바디 차지!

─잡으면 끝난다! 잡앗!

아무리 강한 힘을 가진 기간트라고 해도 동급의 기간트에 의해서 잡히게 되면 그 즉시 끝장이라고 봐야 했다.

움직이지 못할 때를 노려 여러 기의 기간트가 공격을 가한다면 절대 피할 수 없으니 말이다.

─타앗!

한 기의 기간트가 미친 듯이 바디 차지를 감행하며 이안의 라피드를 잡기 위해서 금기시되는 점프를 시도했다.

뒤를 생각하지 않고 무모하리만치 강렬한 공세에 이안은 그대로 바닥을 박차며 라피드를 공중으로 띄웠다.

콰앙! 휘이이익!

높게 뛰어 오른 라피드는 아슬아슬하게 스치듯이 아래쪽을 지나가는 기간트의 커다란 머리통을 강하게 다시 박쳤다.

콰앙! 콰드드등!

머리통이 부서져 나가며 쓰러지는 기간트로 인해 다시금 도약력을 얻은 라피드가 재차 공중으로 도약하며 다른 기간트를 향해 쏘아져 나갔다.

─으… 으아아아!

거검에 줄기줄기 피어오른 오러로 인해 거검의 길이는 렌스의 길이보다 더 길었다. 그런 오러의 검으로 찌르기 공격을 가해오는 이안의 라피드를 보며 피할 엄두를 내지 못하고 눈을 질끈 감고 말았다.

—크아아아악!

비명이 지르며 또 한 기의 기간트가 부서지자 이안은 적들의 사이를 누비며 그들의 뒤쪽으로 치고 나갔다.

—지금이다! 발포하라!

이안의 명령이 떨어지자 방패로 몸을 가린 채 일자대형으로 서 있던 기간트들이 일제히 무릎을 꿇고 앉는 자세를 취하며 몸을 낮췄다.

"마동포 발포!"

"발포하라! 발포!"

후우웅! 콰콰콰콰콰콰콰콰콰쾅!

또다시 60발의 마동포탄이 등쪽을 보이고 있는 기간트들을 향해 미친 듯이 쏘아져 나갔다.

너무도 가까운 지근거리에서 쏘아진 탓에 피한다는 것은 상상할 수도 없었고 그저 강한 충격을 느끼고 튕겨져 나가는 것이 그들의 마지막이었다.

—으으…….

—퇴, 퇴각해! 도망가라고!

라이더들은 패닉 상태에 빠져서 싸우는 것이 아닌 도망가라고 소리쳤다. 기껏해야 살아남은 기간트는 7기가 전부였고 그마저도 팔이나 어깨 부근에 커다란 철환이 남긴 파괴의 흔적이 고스란히 남아 있었다.

—후후! 도망가는 게 가능하리라 보는가!

이안은 한 놈도 살려둘 생각이 없었다. 적들의 기를 꺾어야 하는 차원에서 철저하게 부수는 것도 있지만 무엇보다 중요한 것은 기간트들의 망가진 몸체가 필요했다.

최대한 빠른 시간 안에 많은 수의 샤베른을 제조해야 하는데 망가진 폐 기간트만큼 좋은 재료가 또 어디에 있겠는가.

—재장전 후에 바로 포격을 가하라!

—추웅!

이안의 명령에 도주하고 있는 기간트들을 겨냥하는 마동포 사수들의 눈이 강렬한 빛을 발했다. 그들은 채 200미터도 도주하지 못한 적들의 너른 등판을 향해 사정없이 포격을 가했다.


"으으… 이, 이럴 수가……."

레마겐 중장은 도저히 믿을 수 없는 광경에 두 손이 부들부들 떨려왔다. 마동포는 이동할 수 없다는 상식을 깨고 샤베른이라는 하급 기체에 장치한 것부터 시작하여 이안의 모든 라피드의 그 믿을 수 없는 움직임도 패닉 상태로 몰아갔다.

"자, 장군… 어떻게 하시겠습니까?"

휘하의 참모가 묻는 말에 레마겐은 대답을 할 수 없었다. 기간트가 모두 박살 난 이상 일반 병사들로는 기간트를 파괴할 방법이 없었다. 있다면 마법사를 동원하여 요격하는 것인데 저들에게는 마법사들의 마법 사거리보다 훨씬 길고 강력한 파괴력을 지닌 마동포가 장착된 샤베른이 있었다.

'그, 그래! 저놈들이 설마 공격을 하지는 못할 것이다. 기간트를 부순 것만으로도 목이 달아날 수 있는데… 설마 병사들까지 죽이려고!'

레마겐은 이안이 자신들을 공격하지 못할 것이라 믿었다. 자신이 이안을 마음 놓고 공격할 수 있었던 것에는 이유가 있었다. 다아크 공작이 막아줄 거라고 믿는 것은 기본적인 것이고 가장 중요한 것이 바로 국왕이라는 인간의 본성을 믿었던 것이다.

자신의 이름보다 앞서는 영웅을 싫어하는 것이 바로 국왕이었기 때문이었다.

하여 자신의 공격은 영웅을 죽이는 것이기에 국왕이 눈을 감아줄 것이지만 이안의 경우는 달랐다.

영웅이 그 영웅을 시샘하여 오해가 생겨 교전을 벌인 군단장과 그 휘하의 병사들을 공격하는 것이니 말이다. 그때는 국왕이 직접 영웅에게 역적이라는 올가미를 씌워서 죽일 것이 분명했다.

'지놈도 머리가 있다면 그 정도는 알 터… 결코 공격하지 못한다!'

레마겐은 그것을 믿고 애써 침착한 표정을 지으며 말했다.

"퇴각명령을 내려라. 서두르지 말고 천천히 뒤로 물리라고 해. 저놈은 절대 본 군단을 공격하지 못한다."

"저, 정말이십니까? 아, 알겠습니다."

참모가 서서히 퇴각하라는 명령을 하달하기 위해 나가자 레마겐 중장은 이 위기를 어떻게 타개해야 할지에 대해서 고민했다. 기간트를 모두 잃었으니 병력만 잔뜩 있는 껍데기만 남은 군단으로 전락해버린 셈이었다.

'크크… 다아크 공작에게 저놈들이 가진 기간트를 빼앗아서 내게 달라고 해야겠군. 지놈이 다 부쉈으니 그에 상응하는 기간트를 뱉어내야지. 암! 그렇고 말고.'

오해로 인해서 일어난 싸움이라고 우길 것이고 그 결과에 대한 책임을 서로간에 지도록 판을 짤 생각이었다.

그렇게 되면 자신은 징계를 먹겠지만 이안은 부순 기간트에 대한 보상을 해야 할 것이다. 그러니 그 보상으로 저 무시무시한 마동포가 달린 샤베른을 모두 빼앗을 수 있다고 생각했다.

그런 생각에 퇴각을 명령한 상황임에도 레마겐의 입가에 비릿한 조소가 머금어졌다.

'애송이… 네놈이 싸움은 잘 할지 모르겠다만… 정치는 싸움 실력이 전부가 아니지. 비리비리한 문관 따위가 가벼운 말 한마디로 마스터를 죽일 수 있는 곳이 바로 정치판이거든. 크크!'

백마의 기수를 틀어 퇴각하려고 하는 레마겐에게 부관이 달려오며 외쳤다.

"각하! 4군단이 몰려오고 있습니다. 저기… 저길 보십시오!"

부관이 가리키는 곳에는 기간트를 앞세운 4군단 병력이 새까맣게 몰려오고 있었다.

"잘 됐군. 전령을 보내 4군단장에게 독립여단을 막으라고 전하라. 오해가 생겨서 교전이 벌어졌는데 4군단이 개입하여 중재를 해달라고 말이야."

"아! 알겠습니다."

"크크! 하늘이 나를 돕는군. 4군단이 나서면 독립여단의 병력으로는 저 빌어먹을 기간트가 있다고 해도 무리지. 크하하하!"

레마겐은 모든 것을 자기가 편한 대로 해석하고 있는 우를 범하고 있었다. 4군단이 자신을 막기 위해서 온 것임을 알면

서도 자신의 계급과 다아크 공작이 뒤에 있다는 것을 믿고 그
것을 바꿀 수 있다고 생각하는 것이었다.


"이안! 4군단이 다가오고 있다. 어떻게 할 거냐?"

샤베른을 몰아서 바짝 다가온 토리의 물음에 이안은 라피
드를 움직여 신형을 틀었다.

―4군단은 신경 쓸 거 없다. 바로 공격한다.

"저, 정말 괜찮을까?"

―후후! 나를 믿어. 독립여단은 전군 총공세를 펼쳐라! 돌
격하라!

"우와아아아아아아!"

괴성을 지르며 독립여단의 병력이 일제히 앞으로 나아가
기 시작했다. 그들보다 앞서 있는 기간트들은 그런 병력의 돌
격에 맞춰 맹렬하게 앞으로 뛰쳐나갔다.

―왕국법을 무시하고 본 독립여단을 공격한 2군단은 더 이
상 락토르 왕국의 군대가 아닌 역도로 간주한다. 단 한 놈도
남기지 말고 쓸어버려라!

"충! 충! 충! 충!"

달려가며 충이라는 구호를 우렁차게 외쳐대는 독립여단의
기세에 그 수가 배는 더 많은 2군단 병력은 공포에 떨어야 했
다.

비록 지휘관들이 나서서 4군단이 중재할 것이니 떨지 말라고 말은 하지만 그들보다 독립여단의 돌격이 더 빠르고 무섭게 느껴졌다.

—멈춰라! 나는 4군단장 브로엄 중장이다! 독립여단은 공격을 중지하라! 이는 국방성장 각하의 군령이다!

멀리서 기간트의 보호를 받으며 달려오는 4군단 병력들 중에서 브로엄 중장이 마법사의 도움을 받아 음성증폭 마법으로 외쳤다.

—다시 한 번 말한다! 싸움을 멈춰라! 국방성장 각하의 군령이다!

브로엄 중장이 외치는 소리에 이안은 라피드를 멈춰 세웠다. 비록 레마겐 중장을 죽이지는 못했지만 이것도 나쁘지는 않았으니 그에 따르는 것이었다.

—독립여단 정지! 대오를 갖추고 내 명령을 기다려라!

"추웅!"

우렁찬 구호와 함께 독립여단이 5열 횡대로 길게 늘어서고 그 앞에는 마동포의 포신으로 2군단을 겨누고 있는 샤베른이 늠름한 자태를 뽐내며 섰다.

—역도 레마겐은 나오라! 2군단 병사들은 용서할 수 있지만 네놈만은 용서할 수 없다. 끝장을 보자!

이안은 반드시 레마겐만은 죽여야 한다는 판단하에 거검

을 레마겐 쪽으로 겨누며 외쳤다. 그러나 레마겐 후작은 군진에서 벗어날 생각을 하지 않았고 동남쪽에서 빠르게 브로엄 중장과 머슬 준장의 기간트 부대가 다가왔다.

'홋! 그렇다고 죽이지 못할 내가 아니지.'

이안은 레마겐을 죽이기 위해 라피드가 아닌 직접 몸을 움직이기로 결정했다.

기간트 때문에 레마겐이 나서지 않는 것이니 기간트부터 치워서 유인하기 위함이었다.

"탑승해제!"

—마스터의 뜻대로!

후웅! 휘류류류룡!

이안의 신형이 라피드에서 벗어나 앞쪽의 마법진과 함께 모습을 드러냈다.

"라피드 역소환!"

아티팩트 안으로 라피드를 집어넣자 너른 벌판의 한 가운데 이안만이 덩그러니 서 있게 되었다.

뒤쪽의 부대가 기세등등하게 버티고 있다지만 서남쪽의 2군단과 동남쪽의 4군단을 합하면 15만이 넘는 대병력이 견제하고 있었다. 그러니 이제는 레마겐에게 그리 큰 위협으로 느껴지지 않을 것이었다.

'어서 오너라… 레마겐!'

이안의 강렬한 안광이 레마겐을 향해서 폭사되어 나가고 그 눈빛을 보지 못하는 레마겐은 유들거리는 표정으로 기사 단과 함께 이안을 향해서 나오기 시작했다.

8장

결투는 내 마음대로야

    4군단의 기간트들과 기사단이 중앙에 도열하고 브로엄 중장이 양측의 수뇌부인 레마겐 중장과 이안을 불렀다. 더 이상의 싸움은 없었지만 부서진 기간트들의 잔해와 마동포의 포격으로 인해 생긴 상흔들이 지면 여러 곳에 있어서 을씨년스러운 분위기를 자아내고 있었다.

    "흠흠! 앉으시지요. 자네도 앉게."

    브로엄 중장이 임시로 만들어 놓은 회담장의 중앙에 앉은 채 자리를 권했다.

    "고맙군."

"감사합니다, 각하!"

두 사람이 앉자 뒤쪽으로 각기 데리고 온 주요 지휘관들과 기사들이 도열했다.

레마겐 중장은 100여 명이 넘는 기사들을 이끌고 왔고 장군복을 입은 부하들 역시 수행기사들을 데리고 온 탓에 그의 뒤쪽은 무척이나 많은 인구밀도를 자랑했다.

"우선 두 부대의 싸움은 있어서는 안 될 일이었소. 국방성장 각하의 명령으로 레마겐 중장의 직위를 보직해임하고 2군단의 지휘권을 박탈하겠소."

"뭐라? 지금 내 지휘권을 박탈한다고 말했는가?"

레마겐 중장은 후배인 브로엄 중장의 말에 발끈하여 으름장을 놓듯이 말했다.

"왜 독립여단을 공격했는지 모르나 그것은 엄엄한 반역행위요. 레마겐 중장, 당신은 지금 범법행위를 저지른 범인으로 왕성으로 소환되었소. 그러니 더 이상의 반항은 용납하지 않겠소이다!"

아직은 후작이라는 작위를 가지고 있는 레마겐이기에 최대한 예우를 갖춰주는 것이었다. 그럼에도 레마겐은 자신이 잘못한 것이 없다는 투로 말했다.

"내가 무슨 범법행위를 했는지 말해보라!"

"독립여단을 공격한 것이 범법행위가 아니면 무엇이오!"

"흥! 능력도 안 되는 독립여단이 헥토르의 반군을 격파했다고 하니 혹 반역자와 손을 잡고 그렇게 보고한 것은 아닌가 했다. 하여 그것이 의심스러워 조사하고자 했으나 독립여단이 거부한 것이 잘못이다. 잘못한 것이 없으면 상급 부대의 장인 내 감찰을 받아들였으면 되는 것이 아닌가!"

레마겐이 비릿한 조소와 함께 자신이 공격한 이유를 그럴싸하게 늘어놓았다.

"훗! 독립여단이 능력이 없다라… 그런 부대에 깨진 2군단은 뭐지?"

싸늘한 이안의 말이 두 사람간의 대화를 끊었다.

"뭐라! 감히 어디서 함부로 말을 하는 것이냐? 네놈 따위가 왕국의 대제후이자 군단장인 본관의 명예를 더럽히려는 것인가!"

강하게 분노를 터뜨리는 레마겐의 모습에 이안이 비꼬듯이 말을 받았다.

"나 역시 백작의 작위를 가졌고 장군의 반열에 오른 자다! 그리고 그 무엇보다 존중받아야 할 마스터이고. 한데 나의 말을 의심하고 조사를 하겠다? 쓰레기 같은 네놈이 감히 나를 무시해!"

이안은 버럭 소리를 지르며 손에 끼고 있던 장갑을 벗어 레마겐에게 날렸다.

"결투다! 레마겐 후작!"

강한 살기를 뿜어내며 당장이라고 검을 뽑아 레마겐을 베어버릴 것 같은 기세에 2군단의 기사들이 움찔하며 검병에 손을 가져다 댔다.

"검을 뽑는 순간 네놈들 역시 목을 벨 것이다! 신성한 결투에 끼어드는 놈은 그 순간 기사가 아님을 자인하는 것! 나는 내게 주어진 권한으로 기사의 명예를 저버린 자를 벌할 것이다!"

이안의 선언에 기사들은 검병에서 슬며시 손을 뗐다. 결투가 신청되면 그 누구도 두 사람의 싸움에 끼어들 수 없었다. 하지만 백작 이상의 고위 귀족간의 결투는 국왕의 허락이 있어야 하니 두 사람은 바로 왕성으로 가야 할 것이었다.

"이이… 감히 누구 앞에서 망발을 지껄이는 것이냐! 네놈이 감히 누구… 헛!"

"감히라는 말 쓰지 마라. 한 번만 더 그 말을 사용하면 그대로 목을 날려 버릴 것이니."

이안의 검이 언제 뽑혔는지도 모를 정도로 빠르게 뽑아진 채 레마겐 후작의 목에 겨눠져 있었다. 오러가 줄기줄기 피어오른 상황이었고 조금이라도 움직인다면 그대로 목이 반으로 갈라질 것이었다.

"으으……."

"진정하고 검을 내려놓게."

"나를 더 이상 자극하지 마라. 네놈이 락토르의 귀족이라는 것도 역겨우니까."

이안은 그렇게 말한 후 검을 도로 집어넣었다. 마스터가 뿜어내는 진득한 살기에 노출되었던 기사들은 그제야 숨을 몰아쉬며 고개를 살살 내저었다.

왜 저런 자를 건드려서 자신들을 이렇게 몰아넣는지 모르겠다는 듯이 레마겐을 향해 원망의 시선을 보내는 그들이었다.

"레마겐 후작과 레이너 백작은 지금 즉시 왕성으로 가서 국왕 전하와 국방성장 각하께 보고하고 명을 받도록 하라!"

브로엄 중장의 말에 이안은 짧게 고개를 숙이며 대답했다.

"명을 받듭니다."

"레마겐 후작은 왜 말이 없소?"

"…알겠네."

레마겐은 왕성으로 가게 되면 지금의 굴욕은 충분히 갚아줄 수 있다고 여겼다. 다아크 공작의 비호와 영웅을 병적으로 싫어하는 국왕이 자신의 편을 들 것이기 때문이었다.

'두고 보자… 반드시 네놈의 목을 베어 이 수모를 갚아줄 것이니.'

결투를 하게 될 이유도 없다고 생각했기에 여유를 찾은 레마겐 후작은 자신의 군복에 달려 있는 계급장을 떼어 브로엄 중장에게 내밀었다.

"받게. 직위해제 되었다고 하니 계급장은 반납해야 할 테니 말이야."

"인장도 반납하기 바라겠소이다."

"으음… 여기 있네."

인장까지 건네고 나자 브로엄 중장은 뒤쪽에 있는 4군단 소속의 마법 병단장에게 신호를 보냈다. 그가 두 사람을 왕성으로 보내는 일을 하게 될 예정이었다.

"제가 직접 하겠습니다. 마법병단보다는 제 실력이 더 나을 것이니 말입니다."

"아… 그랬지. 그럼 부탁하겠네."

브로엄 중장의 말에 이안은 공간이동을 위한 준비를 시작했다. 왕성까지 한 번에 갈 수는 없지만 몇 차례의 메스텔레포트를 통해 왕성까지 가는 것은 그리 오래 걸리지 않을 것이었다.

쿵쿵!

"비고른 폰 레마겐 후작과 이안 폰 레이너 백작이 알현을 청하옵니다!"

지팡이로 바닥을 쳐서 모두의 시선을 집중시킨 시종장이

두 사람의 입장을 알렸다.

"들라하라!"

노회한 국왕의 음성이 울리자 시종장은 대전의 문을 열고 두 사람이 들어갈 수 있도록 길을 안내했다.

"크흠!"

"에잉! 귀족 망신은 있는 대로 다 시킨 작자가 뻔뻔하게 걸어들어 오다니……."

"조용하라!"

귀족들이 레마겐을 쳐다보며 혀를 차며 수군거리는 것에 국왕은 손을 들어 제지시키며 두 사람이 보좌의 앞까지 오는 것을 기다렸다.

"락토르의 지존이신 국왕 전하를 뵈옵니다."

"…국왕 전하를 배알하나이다."

두 사람이 정중하게 예를 갖추자 국왕은 노기 어린 시선으로 레마겐 후작을 노려보았다.

"레마겐 후작!"

"예, 전하!"

"그대는 어이하여 독립여단의 회군 통보를 받고도 공격을 가하였는가? 그대로 인해서 부서진 기간트가 얼마나 되는지 알고는 있나?"

국왕이 호통을 치듯이 말하는 것에 레마겐 후작은 머리를 조아리며 대답했다.

"전하! 신은 독립여단의 전력으로는 헥토르의 반군을 이겨낼 수 없다고 판단하고 이안 준장이 그자와 결탁하여 거짓으로 전하를 기망하는 것은 아닌가 하여 사찰을 하고자 하였을 뿐이옵니다. 이 모든 것이 국왕 전하에 대한 신의 충절에서 비롯된 것이옵니다. 부디 굽어 살펴 주실 것을 청하는 바이옵니다!"

구구절절이 자신은 왕에 대한 충심에서 한 일이라고 항변하듯이 말하는 레마겐의 주장에 국왕은 분노로 입술이 씰룩거렸다.

아마도 그가 이겼다면 그의 주장대로 일을 묵살할 수도 있었음이지만 결과는 반대로 나왔고 이제는 이안의 독립여단이 헥토르의 반군을 압도적으로 이겼다는 것을 증명한 셈이었다.

"그대의 주장이 사실이라 하여도 어찌 아군을 공격하였는가? 그에 대한 변명을 해보라!"

"신은 결코 공격할 마음이 없었사옵니다. 그저 겁을 주어 독립여단이 사찰을 받게끔 하려는 생각뿐이었사옵니다. 하오나 독립여단의 여단장인 레이너 백작이 공격을 하는 탓에 맞서 싸울 수밖에 없었사옵니다. 단지 그뿐이옵니다, 전하!"

레마겐 후작이 납작 엎드려 자신의 잘못이 아니라며 주장

하는 것에 락토르 국왕은 분기를 억누르며 이안을 쳐다보았
다.

"레마겐 후작의 주장에 대해 어찌 생각하는가?"

"그저 우스울 뿐이옵니다."

"우스울 뿐이다? 왜 그런 말을 하는지 말해보라."

"먼저 공격할 마음이 없었다면 기간트 부대를 앞세우고 전
면전을 벌이지는 않았을 것이기 때문이옵니다."

"기간트 부대를 앞세웠다?"

"그러하옵니다. 기간트는 전술병기로 1기의 전투력은 능
히 1개 연대를 제압할 수 있는 힘이 있사옵니다. 그런 기간트
를 전면에 내세웠을 때 그 주장은 설득력이 없을 것이옵니
다."

"으음… 그렇군."

국왕이 이안의 말에 납득을 했다는 듯이 고개를 주억거리
자 이안은 또 다른 말을 꺼냈다.

"그러하옵고 사찰을 원했다면 군대를 물리고 귀족들과 함
께 따로 찾아왔으면 됐을 것이옵니다. 하오나 저자는 군대로
독립여단을 겁박하고 공격했사옵니다. 그 어떤 말로도 저자
의 죄는 지워지지 않사옵니다."

"알았노라. 내 심사숙고하여 처벌을 할 것이니 두 사람은
물러나서 고의 판단을 기다리라."

"알겠사옵니다, 전하!"

레마겐 후작이 순순히 물러나겠다는 말을 할 때 이안은 한 걸음 앞으로 나서며 국왕에게 말했다.

"신은 저자에게 결투를 청했사옵니다. 하오니 국왕 전하께 서는 그에 대한 허락을 내려주시옵소서."

"겨, 결투를 청했다는 말인가?"

"그러하옵니다."

"이유가 있는가?"

"있사옵니다. 신은 검으로 새로운 길을 연 마스터이옵고 6클래스의 마스터이옵니다. 또한 이번에 라이딩 마스터에 오르며 그 누구도 이르지 못했던 새로운 길을 개척한 자이 옵니다."

"오오! 그대가 라이딩 마스터에 올랐다는 것이 사실인가?"

"그러하옵니다. 기간트를 탑승한 채 오러뷰렛을 날릴 수 있는 자는 오직 라이딩 마스터만이 가능한 경지이오니 신이 이룩한 것을 증명하는 것이옵니다."

"역시 경은 이 나라 락토르의 영웅이로다. 하하하!"

대범하게 웃으며 이안을 칭찬하고는 있지만 락토르 국왕 의 눈은 결코 웃지 않았다. 깊게 가라앉은 그의 눈에는 이안 에 대한 질시와 견제의 빛이 역력했다.

"그런 저의 명예를 묵살한 자에 대해 신은 절대 묵과할 수 없는 분노를 느꼈사옵니다. 하여 결투를 청하는 것이오니 허락을 내려주시옵소서!"

이안이 고개를 숙이며 허락을 청하자 국왕은 어찌해야 할지 결정을 내리지 못했다.

비록 레마겐 후작이 잘못은 했지만 그는 다아크 공작의 수족이었고 자신의 비호 아래 군을 장악해 나가던 신하였다. 그런 그를 이안의 먹잇감으로 내어줄 수는 없는 노릇이었다.

"으음……."

"부디 허락을 내려주시옵소서!"

다시 한 번 강하게 허락을 청하는 이안의 음성이 대전을 쩌렁쩌렁 울렸다.

"결투는 허락할 수 없다."

"전하!"

"전하! 신이 안 되는 이유를 말해도 되겠사옵니까?"

"다아크 공작이 말이오? 흠… 좋소."

"레이너 백작! 그 결투로 인해 실추될 아국의 명예는 어찌할 것인가? 또 군의 기강은 어떻게 할 것인지 말해보게."

다아크 공작이 능글거리는 눈빛으로 이안에게 대책을 말해보라며 턱을 살짝 치켜들었다.

"이미 레마겐 저자로 인해서 아국의 명예는 떨어졌으니 더떨어질 명예가 있겠습니까?"

"그건 아니지 싶은데 말이야. 그리고 하급자가 상급자의 행동에 불만을 품고 결투를 청한다면 군이라는 조직은 붕괴되고 말 터! 그것은 또 어찌할 것이냐고 물었네."

"흠… 그건 또 그렇군요. 제 생각이 짧았습니다. 하면 이렇게 하도록 하겠습니다."

"말해보게."

"군인이 아닌 귀족으로서 또 대영주로서 영지전을 신청하는 바입니다."

이안의 말에 다아크 공작의 눈에 이채가 번졌다. 결투는 안 될 거 같으니 영지전으로 선회하여 레마겐 후작을 잘라내겠다는 의지를 내보이는 것이니 어떻게든 막아야 할 처지에 놓여버렸다.

"귀족원의 원장으로서 그 또한 불허하네."

"어째서입니까?"

"이번 반란과 자네들의 싸움으로 인해서 벌써 수백 기의 기간트가 파괴된 것은 알고 있겠지?"

"물론입니다."

"레마겐 후작과 백작이 싸운다면 필시 기간트가 또 동원될 것이고 그리되면 가뜩이나 약해진 아국의 전력이 더 약해지는 결과를 초래하네. 적국인 체이스 제국이나 남부의 리만 왕국이 도발해 올 가능성이 높은 이때 그런 싸움을 허락할 수 없다는 것이 귀족원의 원장인 나의 결정일세."

"고 또한 공작의 결정에 찬성한다. 기간트가 동원되는 영지전은 절대 허락할 수 없노라!"

락토르 국왕과 다아크 공작이 입이라도 맞춘 듯이 반대하고 나서자 이안은 희미한 조소를 입가에 걸었다.

"하오면 기간트를 배제한 영지군만의 싸움이라면 허락하시겠습니까, 다아크 공작 각하?"

"기간트를 배제한 영지전이라… 그 기간트에는 샤베른도 포함된 것인가?"

"물론입니다. 마동포도 배제된 오직 영지병만으로 싸울 것입니다."

이안은 얼마든지 레마겐 후작령의 사병을 박살 낼 자신이 있었다.

비록 자신이 거느리고 있는 병력이 노예병으로 숫자 역시 7천에 불과하다지만 레마겐이 지휘하는 적들이라면 그 숫자가 열배가 넘는다고 해도 필승이라 자신했다.

'쥐새끼 같은 놈의 군대는 아무리 많다고 해도 결국은 쥐새끼일 뿐이다. 얼마든지 상대해 주마!'

이안은 눈빛으로 국왕과 다아크 공작을 번갈아서 쳐다보며 압박했다. 이것마저도 불허한다면 결코 좋은 결과는 찾아오지 않을 것이라는 무언의 압박이었다.

"호오! 백작의 영지군은 독립여단의 편성에서 배제된 노예병 몇 천 정도로 알고 있는데 그 수로 레마겐 후작과 싸우겠다는 말인가?"

"제 명예와 흐트러진 왕국의 명예를 바로 세우기 위함입니다. 그리고 전쟁은 숫자로 하는 것이 아니지요. 레마겐 후작이 지휘하는 병력이라면 그 수가 10만이라고 해도 이길 수 있습니다."

"뭐, 뭐라?"

레마겐 후작은 기가 막히다는 듯이 이안을 노려보았다.

아무리 1군단에게 대패했다고 하나 자신 또한 장군이었고 락토르에서 몇 손가락 안에 꼽히는 전쟁통이었다. 그런데 신병기인 마동포 없이 자신을 이길 수 있다고 하자 오기가 발동한 것이었다.

"신 또한 허락해 주시기를 청하옵니다, 전하!"

레마겐이 나서서 국왕에게 허락을 요구하자 락토르 국왕은 고개를 살짝 가로저었다. 그가 생각하기에도 이안이 레마겐을 이길 것 같다는 판단이었기 때문이었다.

"레이너 백작, 그런데 그거 알고 있나?"

"무엇을 말씀이십니까?"

"영지전에 대한 허락이 떨어지면 레마겐 후작과 동맹관계를 맺고 있는 영주들이 참전할 수 있다는 것을 말일세."

그 말은 곧 다아크 공작과 공작을 따르는 무리들이 전부 레마겐의 편을 들 것이라는 협박이었다.

"후후! 알고 있습니다. 그러니 허락해 주시기를 바랍니다."

"전하!"

"말하시오, 공작."

"허락해 주시옵소서. 저렇게 승리를 자신하는데 명예를 회복할 기회를 주어야 하지 않겠사옵니까?"

"흠! 공작이 그리 말한다면… 두 가문의 영지전을 허락하노라. 아울러 동맹관계에 있는 영주들의 도움도 허락한다. 이는 왕국의 지엄한 법으로 허용하는 바이니 이후로 그 어떤 반론도 허락하지 않는다."

"명을 받드옵니다!"

"명을……."

귀족들이 모두 고개를 숙이며 답하자 국왕은 이안의 만용을 비웃으며 대전을 떠났다.

모두가 영웅이라도 치켜주자 신병기 없이도 무적이라는 생각에 객기를 부리는 거라 생각하는 듯했다.


"너 미쳤냐?"

독립여단으로 복귀하자마자 영지전 소식을 들은 맥컬리를 비롯한 친구들이 달려왔다.

그들은 고작 7천의 병력으로 기간트와 마동포를 사용할 수 없는 영지전을 벌이는 이안에게 미쳤냐는 말로 포문을 열었다.

"내가 미쳐 보이냐?"

"물론이지. 7천으로 2만이 넘는 병력을 이기겠다고? 아니지 다아크 공작과 그 일당들이 병력을 지원할 것이니 5만은 우습게 넘기겠네. 그것도 죄다 기사하고 기병들로 채워도 그 정도는 나올 거다."

"걱정하지 마라. 앞으로 한 달 남았으니 그동안 준비하면 얼마가 몰려와도 이길 자신 있다."

"끄응… 만에 하나라도 진다는 생각은 안 해봤냐?"

"내가 질 거 같으냐?"

이안이 친구들의 눈을 지그시 쳐다보며 묻는 말에 네 사람은 곰곰이 생각하다 이내 고개를 저었다.

"질 거 같다는 생각은 안 해봤다만… 그냥 걱정 되서 하는 말이지."

"그냥 믿어라. 절대 안 질 거니까."

"에휴… 그래 니가 알아서 해라. 이제 와서 무슨 말을 하겠냐."

맥컬리는 고개를 가로저으며 인상을 굳혔다. 생각해 보면 이미 국왕의 허락은 떨어졌고 영지전의 결과를 놓고 레마겐과 이안에 대한 처분을 할 것이라 선포한 상황이었다.

그러니 다아크 공작 진영에서는 무슨 수단을 사용해서라도 이기려 할 것이 분명했다. 부디 이안이 이겨서 왕국을 팔아넘기려고 하는 다아크 공작의 세가 꺾이기만을 바라는 수밖에 없었다.

"헥토르 후작에게서 연락은 있었냐?"

"안 그래도 자리를 잡았다고 연락왔었다. 비상식량만 가지고 갔다고 지원 바란다고 하더라."

"지원이라… 바로 보내야지."

헥토르 후작은 2만의 병력을 데리고 헬카이드의 배꼽 북쪽에서 얼마 떨어지지 않은 곳에 자리를 잡았다. 워낙 험준한 산맥이라 그런지 다른 두 제국에서도 관심을 두지 않는 곳이었다.

'후우… 식량을 수급하는 문제도 쉬운 문제는 아니로군.'

지난 로크 제국에서의 영지전에 끼어들어 꾸준한 식량 공급을 약속받았다 하더라도 자체 수급을 하지 못할 때는 그것이 독이 되어 문제가 발생할 가능성이 있었다.

'마동포나 샤베른이 아닌 물건으로 식량을 수급해올 수 있는 방법을 찾아야 한다. 두 제국이 아닌 다른 나라면 더욱 좋을 것이고……'

아직은 영지민도 그리 많지 않았고 영지성을 세우는 중이었기에 농사를 짓는 것은 아직 반년은 있어야 가능했다.

"안드레아 식량은 어느 정도나 남아 있지?"

"지난번에 가지고 온 것은 영지에 풀어서 그리 많지는 않아. 고작해야 석 달치? 거기서 2만 명 분의 식량을 보낸다면 두 달이 고작일 거야."

"두 달이라⋯⋯."

이 상황이면 방법은 오직 하나였다. 바로 영지전에서 적들의 식량을 모두 빼앗아 오는 것이 최선의 선택일 것이었다.

'아공간 가방이 아무리 커도 식량을 가져오는 것은 무리이고⋯ 어떻게 한다?'

생각을 거듭했을 때 나오는 답은 오직 하나였다. 워프 마법진을 이용하여 영지전이 시작하기 전에 털어오는 것이 최선이었다.

'싸움을 하기도 전에 패배로 몰아넣어야겠지. 후후!'

이안은 결정을 내리자 환하게 웃으며 안드레아에게 말했다.

"식량은 내가 알아서 할 테니 우선 보내도록 해."

"그렇다면야 내일 아침 바로 보내마."

"그래, 그렇게 하고⋯ 다음은 뭐가 남았지?"

이안의 물음에 제니스가 손을 들어 올렸다. 영지의 기사단을 조직하는 임무를 맡은 사람이 제니스이다 보니 그간 무척

바쁘게 움직여야 했었다.

"영지 기사단에 제법 많은 자유기사들이 몰려들었습니다. 제가 우선적으로 추리기는 했지만 결정은 주군께서 내리셔야 할 거 같아서 말입니다."

"얼마나 왔지?"

"쭉쩡이는 빼고 79명입니다. 전부 익스퍼트 초급에서 중급까지의 젊은 기사들입니다."

"음… 꽤 많군."

"주군의 위명이 워낙 높아진 덕분입니다. 전부 마스터의 검술을 배우고 싶어합니다."

마스터인 이안의 검술을 배우고자 하는 젊은 자유기사들이 대거 몰려든 탓에 제니스는 상당히 고무되어 있었다.

비록 실전에 투입하려면 적어도 몇 달은 훈련에 매진해야 하겠지만 기사단이라는 이름에 걸맞는 인재들의 영입은 그를 흥분시키고 있었다.

"사흘 뒤에 내가 직접 볼 것이니 그때까지 대기시키도록."

"예, 주군!"

이제는 기사단도 어느 정도는 갖춰질 것 같았고 병력은 노예병이라고 해도 1군단 정예병들로 이루어져 군사력은 그 틀을 튼튼하게 만들어 낸 상황이었다. 영지전만 제대로 치러 낸다면 발전은 자연적으로 따라오게 되어 있었다.

"당면한 문제는 그 정도로 처리하고 이만 회의를 마치지."

"알았다. 영지전 문제나 잘 준비해라."

"후후! 그렇게 하마."

이안은 영지전에서 적들과 싸울 준비를 위해 그간 생각했었던 이계인의 기억 속의 무기들을 만들기 위해 연구에 들어갈 참이었다.


―오랜만이군, 다아크 공작!

"그간 강녕하셨사옵니까, 주군!"

다아크 공작은 마법 통신구에 모습을 드러낸 크리스토퍼 대공에게 깊숙이 허리를 숙였다.

―형님 폐하의 허락이 떨어졌네. 이제 작전을 개시해야 할 시간이 된 듯싶네.

"오오! 그게 정말이시옵니까?"

―하하하! 전폭적인 지지를 해주겠다 하셨으니 시작하도록 하게.

"진정으로 감축드리옵니다, 주군!"

―고맙군. 그래 락토르 왕국의 사정은 어떤가? 작전을 개시하려면 조금은 혼란스러워야 할 것인데 말이야.

크리스토퍼 대공의 물음에 다아크 공작의 입가에 비릿한 미소가 번졌다.

"안 그래도 이번에 휘하의 레마겐 후작과 전에 보고드렸던 레이너 백작의 영지전이 벌어지게 되었사옵니다."

―그런가? 레마겐이 그자를 상대할 수 있겠나?

"기간트를 사용할 수 없으니 병력의 압도적인 우위를 바탕으로 그자를 제거할 생각이옵니다. 그러니 걱정하지 마시옵소서."

―흐음… 내가 도와줄 것은 없겠나?

크리스토퍼 대공은 두 명의 마스터가 실종된 것에 무척이나 분노하고 있었다. 그러나 그것을 락토르 왕국에 따질 수도 없는 상황이라 애써 덤덤한 척하고 있었다.

그러다 영지전이 벌어진다고 하니 이안을 확실하게 제거하는 것으로 그 분을 풀 생각이었다.

"제 휘하에 마스터가 한 명 있사온데… 레이너 백작을 상대할 수 있을지는 의문입니다. 그러니 마스터 한 명만 더 보내주실 수 있으시겠사옵니까?"

―마스터라… 알았네. 내 휘버 후작을 보내줄 것이니 확실하게 레이너 백작의 목을 베도록 하게.

"흐흐흐! 휘버 후작이라면 반드시 그 애송이의 목을 벨 수 있을 것이옵니다. 믿어보시옵소서."

―알았네. 레이너 백작의 목을 베는 즉시 마동포에 대한 것을 모두 자네의 수중에 넣어야 한다는 것을 명심하게. 그게

가장 중요한 것이니 말이야.

"여부가 있겠사옵니까, 반드시 그리 할 것이옵니다."

―알겠네. 그럼 나중에 보도록 하세.

"예, 주군! 살펴 들어가시옵소서."

후웅! 휘류류류룽!

수정구에서 마나가 빠져나오고 크리스토퍼 대공의 모습이 사라져 버렸다. 그러자 이제까지 허리를 깊숙하게 숙이고 있던 다아크 공작이 천천히 신형을 바로 했다.

"밖에 누구 없느냐!"

다아크 공작의 호령에 밖에서 대기하던 귀족들이 우르르 몰려 들어왔다. 대부분이 다아크 공작에 의해 포섭되어 크리스토퍼 대공의 수족이 된 자들로 구성되어 있는 집단이었다.

"찾아계십니까?"

"이안 레이너… 그 애송이를 박살 내야 한다. 방법을 말하라!"

다아크 공작의 말에 야비하게 생긴 얼굴을 지닌 귀족 하나가 앞으로 나섰다.

"방법은 오직 하나뿐입니다. 압도적인 물량으로 한번의 대회전으로 끝내야 합니다."

"이유는?"

"그간 레이너 백작이 보인 용병술과 작전 능력은 레마겐 후작님이 상대할 수 없습니다. 힘대 힘으로 싸우는 대회전에서 이기는 방법이 아니라면 그자를 잡기란 요원할 것입니다."

"흐음… 자네 역시 그렇게 생각하는군."

"레마겐 후작님이 각하를 따른다고는 하지만 그 능력이 모자란 것은 사실이지 않습니까. 속하는 보이는 대로 말씀드렸을 뿐입니다."

"알겠네. 동원 가능한 병력은 얼마나 되나?"

"각하의 사병은 빼고 레마겐 후작 영지와 가까운 곳의 영주들이 모든 기사들과 사병을 동원하여 참가할 것입니다. 중원군의 수만 6만이 넘습니다. 흐흐흐!"

"6만이라… 그렇다면 8만에 달하는 대병력이 아닌가?"

"제 아무리 마스터라고 해도 그 많은 병력을 이겨내지는 못할 것입니다. 특히… 기사의 수만 일천이라면 마스터도 결국에는 당해내지 못하고 죽을 겁니다."

일천의 기사들이 차륜전으로 상대한다면 제아무리 대단한 마스터라고 해도 이겨낼 수 없다.

거기에 두 명의 마스터가 가세하여 싸울 것이니 단 한 번의 싸움으로 승부는 결정지어질 것이었다.

"흐흐흐! 모든 지원을 아낌없이 해주도록. 이번에는 반드시 레이너 백작, 그자의 목을 베어야 한다. 알겠나?"

"명을 받듭니다!"

귀족들이 일제히 우렁차게 대답하며 허리를 숙이자 다아크 공작은 싸늘한 눈빛으로 이안이 머물러 있을 헬카이드 요새 쪽으로 시선을 돌렸다.

'이번에는 반드시 네놈의 목을 벨 것이다. 그것으로 내게 저항한 자들의 최후라는 것을 모두에게 각인시켜 줄 생각이거든. 흐흐흐!'

다아크 공작은 그간 자신이 만들어 놓은 모든 힘을 동원하여 이안을 파멸시킬 생각이었다. 그것은 이안이 예상하고 있는 힘보다 월등히 큰 힘이었고 최악의 위험이 될 것이었다.

"라모스 자작!"

"하명하십시오."

"가서 헤르덴 경을 불러오라. 내 직접 명을 내릴 것이니."

"헤르덴 경을 말씀이십니까? 아, 알겠습니다."

라모스 자작이라고 불린 야비한 인상의 귀족은 다아크 공작의 두뇌 역할을 하는 자였고 그런 자가 두려움을 느끼는 헤르덴이라는 기사의 이름에 좌중에 모인 귀족들 모두가 고개를 내저었다.

그만큼 귀족들의 뇌리에 강렬한 공포로 자리 잡은 사람이라는 뜻이었다.

# 9장

영지전을 허락한다

    헤르덴은 다아크 공작이 숨겨둔 패로 락토르 왕국에서도 알려지지 않은 마스터였다.

    그는 원래 용병으로 이름을 날리던 자였지만 성격이 너무 포악한데다 온갖 범죄를 저지르다 발각되어 쫓기는 신세였었다. 그러다 다아크 공작의 휘하에 들어가 마스터가 된 이후로 정적의 제거에 사용되던 다아크의 숨겨진 검으로 사용됐었다.

    "찾으셨습니까!"

    190이 넘는 장대한 체구에 얼굴에는 잔인한 기운이 가득했다. 눈만 보아도 섬뜩함을 느낄 정도의 살기가 풀풀 풍기는 헤르덴의 인사에 다아크 공작은 아주 흡족한 미소를 지으며 대답했다.

"받거라."

"이게 무엇입니까, 주군!"

헤르덴은 다아크 공작이 건넨 가죽주머니를 보며 약간 의아한 빛을 드러냈다.

돈이나 보석 같은 것이라면 짤랑 소리를 냈을 것인데 앞에 떨어졌음에도 아무런 소리가 나지 않았기에 그러한 것이었다.

"이번에 새롭게 개발된 마나강화가루다."

"마나강화가루라면……."

"복용하면 네가 지닌 마나를 두 배 가까이 증폭시켜주는 효과가 있지. 단! 부작용이 있는데 한번 사용하면 1시간 동안은 두 배의 힘을 사용하게 해주지만 그 뒤로 하루는 마나를 사용할 수 없다."

"아… 그렇다고 해도 상당한 도움이 되겠군요. 흐흐흐!"

평소보다 두 배의 힘을 사용할 수 있다면 중급의 마스터도 얼마든지 상대할 수 있었다. 1시간이라는 단서가 붙지만 지금 대륙에 존재하는 마스터들을 거의 다 상대해서 이길 수 있다는 점은 무척이나 끌리는 것이었다.

"이걸 제게 주시는 것을 보면 누군가를 처리해야 하는 거겠군요. 그것도 상당한 강자를 말입니다."

"이안 레이너라는 놈이다."

"이안 레이너라… 아! 그 새롭게 영웅으로 떠오른 그자를 말씀하시는 거군요. 듣기로는 상당히 어리다고 들었는데 말입니다."

"갈! 적어도 네놈보다는 강자다! 로크 제국의 두 마스터가 당할 정도면 최고를 다투는 놈이라는 걸 명심하라!"

"크크크! 명심합지요. 하지만 저도 그리 녹록하지는 않을 겝니다. 요즘 들어 제법 얻은 것이 많아서 말입니다."

헤르덴의 말에 다아크 공작은 흐릿한 미소를 머금었다. 하지만 이내 그 미소를 지우며 으름장을 놓듯이 헤르덴을 격동시켰다.

"크크크! 레이너 그 애송이가 익힌 검술은 브레이브소드라는 5백 년 전 최고의 검사로 이름 날렸던 이가 창안한 검술이다. 그 차원부터가 다르다는 것을 명심하도록! 나가 봐."

"예, 주군… 명심하겠습니다."

헤르덴의 눈빛에 분노의 빛이 가득했다. 명가의 검술을 익힌 애송이 마스터와 비교되는 것조차 그에게는 엄청난 울분이었을 것이었다.

"흠… 레이너 그놈은 그 정도로 되었고… 이제 남은 것은

작전을 실행하는 것만 남은 것인가?'

다아크 공작은 자신의 집무실을 나서 작전을 준비중인 곳
으로 이동했다. 공간이동 마법진까지 타고 움직여야 할 정도
로 왕성에서 떨어진 비밀스러운 곳으로 가는 거였다.


"순찰 확실하게 돌아! 요새 시국이 불안하니까 도둑놈들이
활개를 친다고. 알아들어?'

헥토르의 반란과 이안과 시밀로프 후작과의 싸움으로 인
해 동북부와 서남부가 제법 깊은 상처를 입은 것에 비해 동남
부의 아르딘 자작령은 아무런 피해 없이 무탈하게 지내온 영
지였다.

그러나 반란과 대규모 영지전으로 인해서 유민이 발생한
이래 많은 도둑들이 들끓은 것은 피할 수 없었다.

"걱정마슈. 조장도 하루 이틀 장사하는 거 아니잖소."

"크리스, 네놈이 제일 말썽인 거는 알고 있냐?"

"흐흐! 내가 뭘 그랬다고… 엇! 조장!"

"왜 인마!"

"저, 저길 봐요. 저길!"

크리스라는 병사가 가리킨 곳으로 시선을 돌린 조장은 걷
던 걸음이 얼음이라도 된 것처럼 굳어져 버렸다.

"마, 맙소사……."

병사들은 순찰 돌던 마을로 진입할 엄두를 내지 못했다.

그곳에는 차마 입에 담을 수 없을 정도의 지옥도가 펼쳐져 있었고 살아남은 사람이라고 해도 거의 송장이라고 해야 할 상태였다.

"어, 어떻게 해요?"

"시파! 어떻게 하긴 뭘 어떡해. 일단 크리스, 넌 영주성으로 달려가서 이곳 상황을 알려. 나머지는 접근하지 말고 마을을 봉쇄한다. 시작해!"

"아, 알았소."

조장과 남은 병사들이 마을로 들어서는 입구를 완전 봉쇄하는 동안 크리스는 미친 듯이 달려 영주성으로 향했다. 저런 지옥과도 같은 곳에는 발도 디디기 싫었기에 더욱 미친 듯이 달리는 것인지도 모를 일이었다.

"으으… 사, 살려… 살려… 줘… 으으……."

"제… 발… 살려… 우웩!"

살아 있는 자들이 좀비처럼 마을에서 기어나오며 죽어가는 음성으로 살려달라고 말했다. 그러다 검은 피를 토해내며 한 사람이 또 죽음을 맞이하고 말았다.

"빌어먹을… 무, 물러서!"

조장의 명령에 병사들은 급히 손으로 입과 코를 가리며 뒤로 물러섰다. 데스블러드라는 죽음의 병이 마을을 덮쳤고 그

병은 제때 치료하지 못하면 거의 하루나 이틀이면 죽음에 이르는 재앙 중의 재앙이라고 불렸다.


"주신의 사랑이 너희들에게 임하니 언제나 복되고 복된 삶을 누리리라. 그러니 너희 주신의 아들들은 경건하고 거룩한 마음으로 주신께 너희의 모든 것을 바쳐야 하리라."

락토르 왕국의 모든 주신의 신전을 총괄하는 대주교 프란체스카는 수백 명이 넘는 신자들이 무릎을 꿇고 자신의 설교를 경청하는 것에 만족했다.

특히 그 신자들이 락토르 왕국에서 제법 행세깨나 한다는 귀족가의 사람들이었으니 설교가 끝났을 때 그들에게 들어올 헌금이 두둑하리라는 것이 그를 만족하게 하는 것이었다.

"대주교님! 큰일 났습니다. 대주교님!"

성소의 문을 벌컥 열고 들어와 설교를 방해하는 수사 복장의 중년인을 보며 대주교의 볼살이 씰룩거렸다. 그러나 보는 이가 많은 것에 언제 그랬냐는 듯이 환한 미소와 함께 말했다.

"루인 형제님, 지금은 주신이신 아헬 님의 복된 말씀을 설파하는 중입니다. 그러니 무슨 일인지는 모르지만 나중에 말씀을 하지요."

"큰일 났단 말입니다. 왕국 전체에 데스블러드가 창궐하고 있다는 보고가 밀려들고 있습니다."

데스블러드라는 말에 프란체스카 대주교의 눈이 동그랗게 치떠졌다.

죽음에 이르는 치명적인 역병이었고 그것을 치료하러 가는 수사나 사제들은 제아무리 신성력을 가지고 있다고 해도 절반은 죽어나갔다.

"어, 어디에 말인가!"

"총 다섯 곳에서 시작됐는데 지금은 얼마나 퍼져 나갔을지 모를 정도랍니다. 어서 주교실로 가십시오. 어서요!"

"그, 그러지. 형제자매님들도 모두 들었을 테니 이만 집으로 돌아가시는 것이 좋겠습니다. 그럼!"

신도들의 인사도 대충 받는 둥 마는 둥 하며 대주교는 급히 자신의 집무실로 향했다.

가는 도중 락토르를 관장하는 6명의 주교와 성기사단의 단장들이 몰려오는 것을 보아야 했다.

"리프렐 주교! 마침 오는구려."

"안녕하셨습니까, 대주교님!"

"이 상황에 안녕하지는 못하겠구려. 상황은 이야기 들으셨소?"

"물론입니다. 그것 때문에 부랴부랴 오는 길입니다."

"얼마나 상황이 안 좋은지 말해보시오."

"일단 안으로 들어가시지요."

"아… 그럽시다."

대주교와 주교들까지 모두 안으로 들어가자 커다란 둥근 원탁에서 앉아 있던 자들이 일어나 대주교에게 인사했다.

'올해는 추기경으로 서임 받아야 하는데 이 무슨 해괴한 일이란 말인가… 하아…….'

한 나라를 책임지는 종교의 수장은 추기경이며 다음 대 교황의 자리에 도전할 수 있는 자리이기도 했다.

벌써 몇 년째 추기경의 자리가 공석으로 남아 있었고 올해는 그 지고무상한 자리인 추기경으로 올라갈 거라 예측되는 시점이었다. 그런 상황에서 데스블러드라는 죽음의 병이 락토르에 창궐했다고 하니 마음이 무척 아려왔다.

"우선 저희 라펜 지역은 역병으로 인해 죽은 자만 5천이 넘습니다. 게다가 지금 이 순간에도 그 퍼져나가고 있는 터라 사제들과 신앙심이 깊은 성기사들의 파견을 요청하는 바입니다."

"그건 우리 울란 지역도 마찬가집니다. 조속한 대책이 필요합니다, 대주교님!"

총 5개 지역에서 일어난 역병이라는 말에 대주교는 골치가 아파왔다. 한곳에서 발생하여 퍼져나가는 것이 역병이 일어나는 기본적인 패턴인데 이번에는 무려 5곳에서 일어난 것이 문제였다.

"일단 지도를 가져와 마킹을 해보시오. 그래야 정확한 발병 지역과 파견할 인원을 효율적으로 움직일 수 있으니."

"그, 그러지요."

사제 중에 하나가 뛰어나가 커다란 락토르 왕국 전도를 가지고 들어왔다. 그가 5곳의 역병이 일어난 지역을 마킹하는 동안 대주교를 비롯한 주교들이 서로 자기가 맡은 지역을 우선적으로 파견해야 한다며 난상토론을 벌였다.

"헉! 이, 이건……."

지도에 마킹하던 사제가 갑자기 답답한 비명을 지르며 부들부들 떨었다.

"왜 그러는가?"

"이, 이걸 보십시오."

"응? 뭔데 그러나? 헉! 이럴 수가……."

대주교 역시 지도에 마킹한 사제가 가리킨 것을 보고 눈을 부릅떴다.

"이걸 이렇게 연결하면……."

사제는 지도에 마킹된 지역에 동그라미를 쳐서 표시한 후 그 지역들을 선으로 연결했다. 그러자 뒤늦게 그 표시의 뜻이 무엇인지 알아챈 주교들은 입을 떡 벌리고 경악했다.

"어, 어떻게 역오망성이… 만들어 질수가……."

지도에 표시된 지역과 그것을 연결한 선은 완벽한 역오망성을 만들어내고 있었다.

"하지만 역오망성 모양이 나오는 것이 우연일 수도 있습니다. 그러니 너무 단정적으로 생각하지 마시지요."

한 주교가 하는 말에 다른 주교들도 동조하려는 듯한 모습을 보였다.

'아니지… 이건 무조건 역오망성이어야 한다. 누군가 사악한 마계의 존재들을 소환하여 세상을 피로 물들이려고 하는 거여야 한다는 뜻이지.'

실제로 그런 일이 일어난다면 곤란하겠지만 우연을 필연으로 만들어서 그것을 해결하는 사람이 자신이어야 한다.

그럼 추기경으로 올라서는 것이 문제가 아니라 다음 대 교황이 되어 있을 자신의 모습이 눈에 선했다.

"아니! 이것은 역오망성이 맞네. 3백 년 전 클리프 공국에서 일어났던 마계 소환 사건을 기억한다면 말일세."

"아… 클리프 공국……."

3백 년 전 로크 제국에 종속된 클리프 공국에서 제국에 항거하며 벌어졌던 것이 바로 마계 소환 사건이었다.

나라 전체를 하나의 마법 소환진으로 만들었고 수십만에 달하는 자국 백성들을 죽음으로 몰아갔던 최악의 사건이었다.

그때 신성교국이 주동이 되어 각국의 기간트 부대가 총동
원되어 클리프 공국 자체를 지도에서 지워야 했던 일대 사건
이었다.

"허, 허면 어떻게 하실 생각이십니까?"

"교국에 알리고 이번 사건에 대한 조사에 착수할 것일세.
각 신전의 성기사들을 모두 왕성 총교단으로 보내도록 하
게."

"그러면 죽어가는 자들에 대한 치료는 어떻게 하실 생각입
니까? 그냥 저들을 죽어가도록 방치할 생각입니까?"

"갈! 이것은 사람이 죽고 사는 문제가 아니야. 마계가 이
땅에 강림하게 된다면 그때는… 인간은 더 이상 없다는 것을
왜 몰라!"

강하게 일갈을 터뜨리는 대주교의 말에 다른 주교들은 입
을 다물었다.

아직 확정되지 않은 사실을 가지고 그게 실제인양 몰아붙
인다는 것을 그들도 느꼈지만 그걸 빌미로 언쟁을 할 시간이
없었다.

하루라도 빨리 사건을 추적하여 진실이든 거짓이든 결판
을 내야 한다. 그래야 더 빨리 사람들에게 구원의 손길을 내
밀 수 있었기 때문이었다.

"오랜만에 뵈어요."

"자주 봤으면 좋겠는데 상황이 그러니 어쩔 수 없지. 잘 지 냈나?"

"물론이에요. 요즘처럼 행복한 적도 드물 거예요. 뭐… 몸 은 힘들어도 즐겁다랄까?"

"후후! 보기 좋군. 그래, 무슨 일로 왕성을 떠나온 거지?"

샐리는 이안의 물음에 무척이나 흥미로운 표정을 지으며 말했다.

"락토르 전 지역에 문제가 일어난 것은 아시나요?"

"역병에 관한 문제라면 알고 있다. 지금 내가 다스리는 지 역으로 역병이 번질까 염려하여 모든 출입을 통제하고 있 지."

이안은 영지전을 준비하면서 시간을 내서 역병을 직접 조 사하는 한편 그에 대한 대비책을 마련하기 위해서 아레나의 던전에서 머무르는 시간이 많았었다.

"그것이 마계를 소환하기 위해 일부러 벌인 일이라는 소문 이 왕성을 시작으로 빠르게 번지고 있어요."

"마계 소환? 설마…….."

"예전에도 클리프 공국에서 이런 유사한 일이 있었고 그 때는 전 대륙의 모든 국가들이 기간트를 총동원하여 공국을 하루 만에 지도상에서 지웠던 전례가 있어요."

"으음……."

"그때도 지금처럼 나라의 다섯 지역을 역병으로 수많은 사람을 죽여 마계소환진의 촉매제로 사용했었죠. 마지막 공국의 왕도가 있던 곳에서 대규모 소환진을 발견했었구요."

"그렇다면 이번의 일도 마계소환진이라는 소리는 왕성에도 대규모 사태가 일어날 거라는 소리인가?"

"네, 그래서 지금 왕성의 사람들은 전전긍긍하고 있어요. 왕성에서 일이 벌어진다면 분명 왕성에 사는 사람들은 거의 몰살당할 거라는 것 때문이죠."

이안은 샐리의 말을 듣고 충격을 받았다. 클리프 공국의 일은 역사에도 기록되어 있는 사실이기에 그도 잘 알고 있는 사건이었다.

그때 클리프 공국의 공왕이 재물로 바친 사람의 수만 해도 10만을 넘기는 엄청난 학살 사건이었으니 말이었다.

'역병으로 죽어가는 자가 수십만이 넘고 마법 소환진의 중앙의 본 매개체는 적어도 십만… 그렇다면 왕성은 지옥으로 변하겠군. 이게 사실일 경우에 말이야.'

사실인지 아닌지는 중요하지 않았다. 이런 소문이 일파만파로 퍼져 나간다면 결국 타격을 받는 것은 락토르 왕국이었다.

'국왕이나 그에 버금가는 실권을 가진 자가 아니라면 이런 일을 꾸밀 수 없다… 그렇다면 국왕인가 아니면 다아크 공작 그자인가!

이안은 두 사람을 놓고 생각해 보았다. 그러나 아무리 생각해도 락토르 국왕이 이런 일을 벌일 이유가 없다는 것이 그의 생각이었다. 국왕이 욕심이 많고 무능한 편이기는 해도 자신의 주제를 누구보다 잘 아는 인물이라 생각한 때문이었다.

"샐리!"

"네, 말씀하세요."

"왕궁에도 정보길드의 길드원들이 들어가 있나?"

"물론이에요. 예전에 있던 끈을 다시 살렸거든요. 높은 자리는 아니지만 대충의 정보는 얻어낼 수 있어요."

"잘 됐군. 국왕에 대해서 예의 주시하도록 해."

"국왕을 말인가요?"

"그래, 그가 어떤 변화를 일으키지는 않는지 말이야. 특히 성격이나 평소의 행동과 다르지는 않는지 지켜봐야 할 거야."

"우움… 이유가 있나요?"

"물론! 마계 소환과 같은 엄청난 일을 저지르려면 국왕이나 다아크 공작과 같은 강한 실권을 지닌 자가 아니라면 불가능하지. 그렇다면 국왕도 어느 정도 알고 있어야 한다는 결론이 나와. 그의 성정으로 보면 그런 일을 할 수 있는 사람이 아니지."

"아… 그렇군요."

샐리도 정보를 책임지는 자리에 있다 보니 국왕에 대해서 많은 조사를 했었다.

욕심이 많고 자존심이 무척 강하다는 것이 기본적인 평가지만 그와 함께 겁이 많다는 것도 빠지지 않는 내용 중에 하나였다. 그런 사람이 마계를 소환하는 엄청난 일을 벌일 거라는 판단은 무리였다.

"그 외에 군사적인 움직임은 없는지 살펴줘."

"군사적인 움직임이라면 영주들을 말씀하시는 건가요? 아니면 정규군을 말씀하시는 건가요?"

"정규군은 내 나름대로 알아볼 방법이 있으니 영주들의 동향을 잘 파악해야 할 거야. 특히 다아크 공작 일파의 군대를 예의주시해."

"알았어요. 무리가 따르겠지만 어떻게든 해봐야죠, 머. 하아……."

다아크 공작을 따르는 영주들의 숫자는 국왕과 귀족들의 거의 전부라고 할 수 있었다. 그들을 일일이 감시해야 하는 일이니 엄청난 발품을 팔아야 할 상황인 것이다.

"그럼 부탁할게."

"네, 다음에 뵈어요."

샐리가 고개를 살레살레 내저으며 나가는 것을 보는 이안의 입가에 미안함에 따른 멋쩍은 미소가 어렸다.

'후우… 내가 이러고 있을 때가 아니지.'

해야 할 일이 너무도 많았다. 영지전에 대한 준비도 해야할 판에 그보다 더 시급하게 발등에 불이 떨어진 셈이었다.

"텔레포트!"

후웅! 스팟!

공간의 열린 틈 사이로 순식간에 스며드는 이안은 반대쪽에 열린 공간의 틈을 향해 빨려 들어갔다.


―어서 오세요, 마스터!

공간이동을 하자마자 들려온 아레나의 음성에 이안은 옆에 대기 중이던 공중부양원반에 올랐다.

"시간이 없다. 연구실로 이동시켜줘!"

―연구실로 이동합니다.

지이이이잉!

공중에 뜬 채 빠르게 이동하는 공중부양원반을 타고 가는 이안은 이걸 실용화시켰으면 좋겠다는 생각을 갖게 되었다.

말이나 마차를 타고 이동하는 것은 상당히 힘이 들어가는 것이었다. 그에 반해 공중부양원반은 지면에서 30Cm정도 뜬 채 유영하듯이 미끄러지는 것이라 너무도 편안한 이동수단이었다.

'나중에 이것을 이용해서 마차를 만들면 좋겠군. 아마 귀족이라면 누구나 원하는 물품이 되겠지.'

그런 생각을 하는 동안 원반은 연구실로 이동해 있었고 두꺼운 강철 철문이 활짝 열렸다.

"엇! 어서 오십시오, 주군!"

어느새 주군이라고 부르는 사람, 로이건은 입에 두르고 있던 마스크를 벗으며 달려와 인사했다.

"수고가 많습니다, 로이건 자작!"

"아닙니다. 이게 다 락토르의 백성들을 살리기 위한 것인데 제가 수고로울 것이 있겠습니까?"

로이건은 이안이 가져다 준 데스블러드의 샘플을 마법적인 실험으로 퇴치하는 것을 연구하고 있었다.

기존에는 데스블러드를 죽일 수 있는 방법이 없어 오로지 신성력으로 치료하는 것이 전부였지만 레이첼이 남긴 마법서에 그것에 대해 연구했던 자료가 남겨져 있었다. 그것을 기반으로 연구에 연구를 거듭하는 중이었다.

"시간이 촉박하니 본론으로 들어갑시다. 연구는 어떻게 되어가는 중입니까?"

"그게… 데스블러드가 아닌 거 같습니다."

"네? 데스블러드가 아니라니 그게 무슨 말입니까? 그 증상이나 폭발적인 전염방식을 보면 틀림없는데 말입니다."

"처음에 저도 그렇게 생각했습니다. 그런데 레이첼 님이 남긴 연구일지에 있는 방식대로 실험을 해보았는데 아무런 소용이 없었습니다."

"으음……."

"해서 다각도로 조사를 해봤지만 데스블러드와는 다른 병의 일종이 아닐까 하는 결론을 내렸습니다."

로이건 자작의 말에 이안은 고개를 살살 내저었다. 그러다 데스블러드를 흉내낸 어떤 다른 질병이라면 누군가 고의적으로 일으킨 전염병이라는 생각에 미쳤다.

'혹시 흑마법사들인가?'

처음에는 인간의 영생을 꿈꾸는 자들이었지만 그 방식이 변질되어 마계의 존재들에 종속된 삶을 살아가는 자들이 되어버렸다. 그렇기에 그들은 대륙의 어느 곳에서도 살아갈 수 없는 배척받는 삶을 살아야 했다.

'그들이 만든 것이라면 키메라 기법이 들어가 무한 증식을 하도록 만들어졌을 터!'

키메라는 마법에도 내성을 가진 것이기에 무척이나 박멸하기 어려웠다. 그래도 어떻게든 치료약이나 치료법을 알아내야 하는 것이 자신이 해야 할 일이었다.

검을 들고 싸운다고 해도 자신 역시 마법사였고 마법의 길을 걷는 자로서 반드시 해야 할 싸움이기에 피할 생각이 추호도 없었다.

"혹시 반응을 보이는 것은 없었습니까?"

"기존의 모든 약들에 대해 내성을 가지고 있었습니다. 마법 시약에 대한 반응도 마찬가지였는데… 실험을 할수록 답답해지더군요."

"후우… 그렇겠군요."

마법사들이 다루는 마법 시약은 종류만 해도 수천 가지가 넘는다.

그 모든 시약에 반응이 없었다면 가장 완벽한 질병균을 누군가가 만들어내고 그것을 풀었다고 봐야 했다.

'이계인의 기억 속의 그 물건… 현미경이라고 했던가? 그것을 만들 수 있다면 더욱 빠르게 반응을 볼 수 있으련만……'

현미경이라는 것이 있다는 것도 요 근래 들어서 떠오른 것이었다.

이계인 강한성의 기억을 토대로 많은 것을 만들어낼 생각을 하니 잠들어 있던 기억이 깨어난 덕분이었다.

"일단 이 질병균을 잡을 수 있는 물질이 무엇인지 알아내 주십시오. 그럼 그 물질이 많이 함유되어 있는 것을 찾아내 치료약을 만들 수 있을 겁니다."

"알겠습니다. 반드시 알아내도록 하지요."

로이건 자작이 굳은 표정으로 대답하는 것을 끝으로 이안은 연구실을 나섰다. 아직 아무것도 알아낸 것은 없지만 질병이 인위적으로 만들어진 것이라는 점만 확인한 채 나와야 했다.


"허허! 공작이 나와 술을 마시자고 할 줄은 몰랐구려."

락토르 국왕은 다아크 공작이 독대를 청하며 오랜만에 대작을 하자고 하니 그것이 반가워 너털웃음을 터뜨렸다.

"신은 전하께서 정사를 잘 펼치시기를 바랐기에 술을 꺼렸던 것뿐이옵니다. 가끔은 이렇게 한잔 하는 것도 나쁘지는 않사옵니다. 전하!"

"허허허! 내 공작의 마음을 왜 모르겠소. 한잔 받으시구려."

락토르 국왕이 손수 다아크 공작의 잔에 와인을 따랐다. 국왕이 마시는 와인답게 가장 유명한 와인 산지에서 진상된 최고급 와인이었다.

"향이 무척 좋사옵니다."

"그렇다마다. 보르탱 지역에서 특별히 진상된 와인이라오."

"그렇사옵니까? 하지만 이 보다는 못할 듯싶사옵니다."

"응? 보르탱의 와인보다 더 좋은 와인이 있다는 뜻이오?"

"직접 보시옵소서."

다아크 공작이 뒤쪽에 멀리 떨어져서 감시하고 있는 로열가드에게 손짓했다. 그러자 감수를 마친 와인병을 가지고 로열가드가 다가왔다.

"여기 있사옵니다. 전하!"

다아크 공작이 와인병을 받아 공손하게 락토르 국왕에게 건넸다. 그러자 와인병을 받아든 국왕은 병을 살피더니 눈을 동그랗게 떴다.

"호오! 이것은……."

"그렇사옵니다. 여신의 눈물이라고 칭해지는 대륙력 872년산 보르쥴레산 와인이옵니다."

"책에나 기록되어 있는 것이라 여겼거늘 내가 직접 보게 될 줄이야… 어서 따라보라!"

국왕이 잔을 내밀며 말하자 옆에서 시중을 드는 시녀가 병을 따서 왕의 잔에 와인을 채웠다.

"후르릅… 아아!"

국왕은 와인을 마시며 진심으로 감탄사를 흘리며 행복한 표정을 지었다. 이름을 떠나서 이보다 더 맛있는 와인을 맛본 기억이 없었던 것이다.

"신의 가문에 대대로 내려오던 것을 이제야 발견했사옵니다. 하여 전하께 드리고자 청한 것이었사옵니다."

"오! 역시 공작은 이 나라의 충신이로다. 하하하!"

락토르 국왕은 연달아 두 잔의 와인을 더 마신 후에야 잔을 내려놓았다. 더 이상 마셨다가는 이 행복을 오늘로 끝내야 할지도 모른다는 생각에 중단한 거였다.

"그래 이런 귀한 선물을 했을 때는 뭔가 청할 것이 있을 것인데 말이오."

"청이라고 할 것이 있겠사옵니까? 그저 역병이 창궐하여 심기가 불편하실 전하의 마음을 달래드리고자 했을 뿐이옵니다."

"허허허! 그렇다면 내 너무 귀한 선물을 받고 답례를 안 하는 거 아닌가 싶구려."

국왕이 기분 좋은 웃음을 터뜨리자 천천히 그의 얼굴을 살피던 다아크 공작이 어느 순간 눈에 기광을 터뜨렸다.

'발동되었군.'

국왕의 눈동자가 약간 불그스름한 빛을 띤 그 순간을 기다린 다아크 공작이 입을 열었다.

"전하!"

"응? 말해보라."

"언제까지 두 제국의 눈치를 살피며 억압받는 삶을 살 수는 없는 거 아니겠사옵니까?"

"그야 그렇지. 지놈들이 잘났으면 얼마나 잘났다고 나를 무시해. 내 조금만 더 강한 힘을 키워내서 그 오만한 놈들의 무릎을 꿇리고 말 것이야. 암!"

혈기가 치솟는지 평소라면 절대 하지 않을 말들을 거침없이 토해내는 국왕을 보며 다아크 공작은 속으로 비웃었다. 그러나 모든 것이 와인 속에 들어 있는 약의 효과이니 더욱 자신이 바라는대로 행동하기를 빌었다.

"솔직히 맞는 말씀이옵니다만 이 대륙에 국왕 전하만큼 어질고 현명하실 군왕이 또 어디 있사옵니까? 못된 두 제국을 정벌하여 그자들의 폭정에 억압받고 있는 백성들을 구원하실 분은 오직 전하뿐이라고 신은 믿고 있사옵니다."

"그, 그래… 그렇지… 암… 내가 그들을 구원해야지. 흐흐흐……."

점점 붉게 변한 눈동자로 인해 광기가 흐르는 것처럼 변한 락토르 국왕은 살살 달래듯이 하는 다아크 공작의 말이 모두 자신이 해낼 수 있다는 듯이, 아니 정확하게 해내야 할 일이라 믿기 시작했다.

"지난번 헥토르 반군과의 싸움에서 그 위력을 발휘한 마동포와 마동포를 탑재한 샤베른이 있다면 그 무엇이 두렵겠습니까? 300기만 갖게 된다면 로크 제국도 두려울 것이 없사옵니다, 전하!"

"공작의 말이 맞다. 샤베른 300기라면 그 5배의 기간트가 몰려와도 단번에 제압할게야. 암……."

"그래서 말씀이옵니다만… 이번 영지전에서 이안 레이너 백작을 몰락시킬 것이옵니다. 하여 신을 따르는 귀족들의 군사를 모두 모아 한번에 제압할 것이오니 이를 허락해 주시옵소서."

"모두 말이오… 얼마나 되는지 알 수 있겠소?"

"10만이옵니다. 한 번에 이안 레이너 백작을 제압하고 그자에게 마동포와 샤베른에 대한 권리를 넘겨받아 전하께 반드시 바치도록 하겠사옵니다."

"으음… 공작의 뜻대로 하시오."

10만의 병력이 정규군의 제지를 받지 않고 모여드는 것은 상당히 위험한 일이었다. 그럼에도 불구하고 허황된 꿈을 꾸게 된 락토르 국왕은 이를 허락하고 공작이 바칠 샤베른과 마동포를 가지고 두 제국을 사냥할 그 순간을 꿈꾸었다.

'이대로 두면 사흘이면 완전히 망가지겠군. 흐흐흐! 그 날이 기다려지는군.'

와인에 들어 있는 것은 흑마법사가 만든 비약으로 성정을 폭급하게 만들고 과대망상을 갖게끔 만드는 것이었다.

처음 발동되었을 때 들은 말을 자신의 꿈이라 믿게 되는 것으로 이제는 그냥 놔두어도 두 제국을 도모하려고 모든 힘을 쏟아낼 것이었다.

"전하! 신은 이만 물러가 보겠사옵니다."

"그런가? 흐으… 그리하라. 짐은 이제 두 제국을 물리칠 방안을 생각해야겠군."

"흐흐흐! 그리 하시옵소서, 전하!"

락토르 국왕은 절대 사용하지 않던 짐이라는 말을 서슴없이 사용했다. 이제는 자신이 두 제국의 황제들보다 우위에 있다는 생각을 하게 됐다는 의미였다.

그것만으로도 충분히 즐거워진 다아크 공작은 비릿한 조소와 함께 왕의 밀궁을 벗어날 수 있었다.

**10장**

힘, 얼마나 물려을 거야

몸이 열 개였으면 싶은 나날이 지속되는 와중에 영지전을 위해서 출전해야 하는 날이 다가왔다.

샐리로부터 계속 들어오는 정보에 따라 적의 병력은 레마겐 후작의 병력까지 합하여 총 12만으로 늘어나 있다는 것이 큰 문제점으로 부각되었다.

'12만이라… 고작 영지전을 위해서 모았다고 하기에는 그 수가 너무 많다…….'

자신이 영지전을 청한 것을 기회로 삼아 일을 벌이고 있다는 듯한 인상이 강했다. 게다가 식량을 구매하기 위해 로크 제국으로 건너갔을 때 느꼈던 이상한 기운도 의심을 더욱 부채질하고 있었다.

땅! 땅! 따땅!

규칙적으로 울리는 망치소리를 들으며 후덥지근한 열기가 흐르고 있는 곳을 지나자 반가운 얼굴이 다가왔다.

"어서 오라고. 내 안 그래도 이안 자네를 보고 싶었다네."

아이언핸드의 옆에는 처음 보는 드워프가 서 있었다. 드워프들의 생김새가 거의 대부분 비슷하기에 알아볼 수는 없지만 복장이 워낙 특이하다보니 다른 부족의 드워프임을 알아본 것이었다.

"안녕하셨습니까, 그런데 이분은……."

"흐흐! 알아보는구먼. 강철의 해머 일족의 아이언엑스시네. 나에게는 삼촌이 되시지."

"네? 아… 그렇겠군요."

아이언핸드는 마계에서 태어났고 마계는 시간의 비율이 1:10인 곳이다. 비슷한 연배로 보이는 두 사람이 실제로는 마계에서의 생활 때문에 그런 차이가 생긴 것이었다.

"아이언엑스네. 말은 많이 들었지만 이렇게 보니 더 믿음이 가는구먼."

아이언엑스는 얼굴이 온통 털로 덮혀 있어 어떻게 생겼는지 알아보기 어려웠다. 그래도 눈빛만은 맑고 따뜻한 기운이 어려 있어서 좋은 드워프라는 것은 느낄 수 있었다.

꾸욱!

마주잡은 손에서 강한 힘이 전해져 왔다.

힘을 하겠다는 의미가 아니라 조카와 그 일족들을 구해준 은인에게 고마움을 전하는 그만의 방식이라는 것을 알고 이안은 환하게 미소 지었다.

"어떻게 연락이 된 겁니까? 강철의 모루 일족은 오랜 세월 마계로 가 있어서 연락이 끊겼을 건데요."

"흐흐! 그게 다 마나석 때문이라네. 드워프 연합에 마나석 광산에 대한 신청을 한 것을 본 것이지. 내가 드워프 연합의 대의원 가운데 하나거든."

"아하! 그런 일이 있었군요."

강철의 모루 일족과 강철의 망치 일족은 한 부족이 갈라지면서 나온 두 가지였다. 그렇기에 오랜 세월동안 단절되어 사라졌던 사라진 가지에 대한 그리움이 상당히 컸고 다시 나타난 것을 알게 되자 곧장 달려 온 것이었다.

"그런데 말이야. 이곳에 와서 보니 상당히 재미있는 것들이 많이 있더군. 마동포도 그렇고 샤베른이 인상적이었네."

"후후! 그렇습니까? 더 재미있는 것도 곧 만들어질 겁니다. 그러니 더 많은 기대를 하셔도 좋습니다."

"오! 이것보다 더 재미있는 것이라… 그거 참 기대되는구면."

아이언엑스는 호기심이 가득한 눈으로 이안을 쳐다보았다. 그러다 뭔가 작심을 한 듯이 이안에게 넌지시 말했다.

"조카에게 들으니 이곳을 독립지역으로 만들 거라고 들었는데 맞나?"

"그럴 생각입니다. 삼국이 모두 인정하는 자치구역으로 만들 겁니다."

"가능하겠나?"

인간의 욕심은 사라진 드래곤보다 더 강하다고 알려진 존재였다.

런 존재들이 땅이라는 반드시 차지해야 할 것과 그 안에 묻혀 있는 자원을 포기할까 하는 생각이 든 것이다.

"가능합니다. 그 어떤 나라도 상대할 수 있는 강력한 힘을 가지게 된다면 말입니다. 그래서 마동포와 마동포를 탑재한 샤베른을 만든 겁니다."

"아하! 그럴 수도 있겠구면."

마동포가 탑재된 샤베른은 이제껏 대륙을 뒤흔들었던 기간트들을 무용지물로 만들어 버린 강력한 병기였다.

거리에서 접근하며 쏘아대는 철환에 의해 기간트들을 파괴하고 접근했을 때는 빠른 기동력으로 후퇴 기동하며 재차

사격을 가하는 방식으로 느린 기간트들에게는 천적과도 같은 존재였다.

"그리고 이곳으로 다른 드워프 부족을 더 끌어들일 생각입니다. 수인족도 마찬가지구요."

"유사인종들을 모두 이곳으로 모을 생각이란 건가?"

"그렇습니다. 누구도 차별받지 않고 안전하게 살 수 있는 땅을 만들어낼 겁니다. 솔직한 말로 인간이 아닌 다른 종족들에게 그런 땅은 꼭 있어야 하지 않겠습니까?"

이안의 물음에 아이언엑스는 고개를 끄덕거렸다. 헬카이드 산맥에도 숨어사는 드워프 부족이 있었고 더욱 깊숙한 곳에는 엘프들도 살고 있었다.

런 그들이 그렇게 숨어 사는 것에는 인간들에게 밀려서 아무런 힘도 없이 사냥당하는 것을 피하기 위함이 가장 컸다.

"한데 말일세… 자네의 뜻은 그렇다고 하세. 그러나 자네가 죽은 이후에 자네의 후손들도 그런 생각을 할지 생각해 보았나?"

아이엔엑스의 물음에 이안은 고개를 끄덕이며 대답했다.

런 곳을 만들 생각을 하면서 반드시 해야 할 결정이 바로 자신의 후손에 관한 문제였기 때문이었다.

"제 후손들은 능력이 되지 않는다면 제게서 물려받을 영지만 다스릴 겁니다. 그 결정은 이곳에 모여 사는 모든 종족들이 투표로 결정할 것이고 제 후손들은 그 결정에 따라야 합니다. 이곳은 그 후 각 종족의 수뇌들이 모여 모든 일에 관해 토론하고 의결하는 방식으로 다스려질 겁니다. 뭐 물론 인간 역시 한 일원으로서 종족 대회의라고 이름 붙여질 곳에 참가하겠지만 절대 40%가 넘는 지분을 소유하지는 못하게끔 법으로 정해놓을 예정입니다."

"참으로 대단한 결정을 했군. 욕심을 버리기 어려웠을 텐데 말일세."

"후후! 그리 어렵지는 않았습니다. 원래 가진 것이 별로 없었거든요."

이안이 어릴 때부터 지독하게 쪼들린 남작가에서 자라 온 탓에 그런 특권의식이나 편하고 좋은 것에 길들여지지 않은 사람이었다. 그래서인지 지금의 삶으로도 충분하다는 생각을 하고 있었다.

"아! 내가 너무 오래 시간을 잡아먹은 거 같구먼. 바쁜 사람에게 이게 뭐하는 짓인지 원……."

"후후! 괜찮습니다. 저 역시 이렇게 대화하는 것을 좋아하거든요."

"그랬다면 다행일세. 일 보게나."

아이언엑스가 물러나자 이안은 자신이 이곳에 온 목적을 해결하기 위해서 아이언핸드에게 시선을 돌렸다.

"족장님 이걸 좀 만들어주실 수 있겠습니까?"

"뭔지 줘보게."

"네, 여기."

이안이 건네는 설계도면을 받아든 아이언핸드는 설계도의 내용에 눈을 동그랗게 떴다.

"도대체 이게 뭐하는 물건인가? 유리를 만들고 그걸 갈아서 만드는 것은 알겠지만 이렇게 작고 정교하게 만드는 것은… 허어… 우리도 쉽지 않은 일이겠군."

아무리 손기술이 정교한 드워프라고 해도 유리를 이렇게 정교하게 깎고 다듬는 것이 쉬운 일은 아닐 것이었다. 그리고 그것을 연결하여 만드는 이상한 물체에 대한 것도 의문사항이었다.

"이게 뭐하는 물건인지 알 수 있겠나?"

"현미경이라는 겁니다."

"현미경? 흐음… 여전히 알 수 없는 물건이로구먼."

"만들어지면 아마 족장님께서도 놀라실 겁니다. 전혀 새로운 세상을 보실 수 있을 테니까요. 후후!"

"그래? 그럼 어서 만들어 봐야겠군. 흐흐흐!"

새로운 물건을 만든다는 것은 언제나 드워프들에게 즐거움을 주는 요소였다. 그러니 새로운 세상을 보여준다는 물건이니 이보다 더 큰 즐거움은 없을 것이었다.

"다음은 이번 원정에서 반드시 필요한 물건입니다."

"어디 보자······."

아이언핸드는 도면을 보며 대충 무엇을 하는 물건인지 파악할 수 있었다. 왜 이렇게 많은 숫자를 만들어야 하는지는 의문이었지만 그래도 현미경이라는 물건보다는 훨씬 의문이 줄어들었다.

"허허! 이건 거의 마나코어 수준의 강철판 같은데 말이야. 이 정도의 마나석을 끼울 거라면 최하가 최상급의 마나석이겠군."

"그렇습니다. 그것도 한 개에 총 4개의 최상급 마나석이 필요합니다."

"그걸 10개나 만들어 달라는 겐가?"

"네, 반드시 필요합니다. 적들은 10배가 넘는 병력이니 이 다목적 마법진이 없다면 아주 힘겨운 싸움이 될 겁니다."

"알았네. 성을 축조하기 위해서 나간 일족을 제외한 나머지를 총동원해서 내일 아침까지 만들어주지."

"후후! 감사합니다."

이안이 감사의 말을 전하자 아이언핸드는 손사래를 치며어서 가보라고 손짓했다. 다시 한 번 고개를 숙인 이안은 다음 할 일을 찾아 성을 축조하고 있는 현장으로 떠났다.

'헐! 이게 다 뭐야… 도대체 얼마나 몰려온 거야?'

성을 축조하고 있는 곳에는 지난번 데리고 온 20만 명의 후작령의 백성들이 모두 동원되었다. 힘든 일은 모두 샤베른이 하는 터라 유민들은 자신들이 살아갈 터전을 닦는 일에 열중이었다.

"충! 어서 오십시오, 영주님!"

이안이 온 것을 본 영지병으로 편입된 노예병 출신의 병사가 충직한 얼굴로 경례를 붙였다.

"수고가 많군. 저쪽의 유민들은 새롭게 몰려온 거 같은데 무슨 일인지 알고 있나?"

"물론입니다. 데스블러드가 빠르게 동북부를 휩쓸고 있는 탓에 살아남은 유민들이 대거 이리로 몰려들고 있습니다."

"흠… 역병이 도는 거라면 이곳도 안전한 곳은 아닐 건데 이곳으로 온다는 건가?"

"그게… 호호……."

말을 얼버무리며 웃는 병사를 보며 이안은 무슨 사연이 있다는 것을 짐작했다.

"말해보게."

"넵! 다름이 아니라 하늘이 락토르를 구원하기 위해 내린 영웅이신 영주님의 영지로 오면 역병도 범접치 못할 거라는 소문이 떠돈 탓입니다."

"뭐라고? 허… 푸후훗!"

이안이 실소를 머금자 병사 역시 머리를 긁적이며 말을 이었다.

"아무튼 그 덕분에 몰려온 유민의 수가 10만을 넘어가고 있습니다."

"뭐? 10만이라고? 그런데 왜 보고가 안 온 거지… 하아…….."

왜 보고가 누락됐는지 알 것 같았다. 영지전을 치르러 가야 하는 자신에게 힘든 짐을 지우지 않기 위해서 친구들이 보고를 누락한 것이 분명했다.

'제길… 식량을 강탈해야 하는 이유가 하나 더 생겼군. 큭!'

10만 명이 넘는 적병이 모였다면 그들이 쌓아놓은 군량의 양은 상상 이상일 것이 분명했다. 그러니 그것을 털어서 반드시 저들에게 나눠줘야 한다. 그게 아니라면 이 영지는 새롭게 세워지는 와중에 완성도 못하고 사라지게 될 것이니 말이었다.

"제니스 경은 어디에 있나?"

"저쪽이 기사단이 훈련 중인 곳입니다. 거기 계실 겁니다."

"알았네, 수고하게."

"충!"

병사의 우렁찬 대답을 들은 후 전쟁에 출전하기 위해 마지막 담금질을 하고 있을 기사들이 있는 곳으로 향했다.

챙! 채챙! 쉬릿! 휘리릭!

80여 명에 이르는 기사들이 갑주를 걸친 채 미친 듯이 검을 겨루고 있는 현장에 도달하자 가슴의 박동이 요동치는 것을 느꼈다.

'젊음이란… 그리고 뭔가에 미쳐 있다는 것은 이래서 좋은 것이지. 후후후!'

이안은 걸음을 멈추고 한바탕 신명난 칼춤을 추고 있는 두 명의 기사를 쳐다보았다.

"제니스인가… 실력이 많이 늘었군."

제니스는 이안이 전한 브레이브소드를 배운 이후 비약적인 발전을 거듭하고 있었다. 안 그래도 중급의 실력자였던 그는 브레이브소드의 완전한 초식과 마나 연공법을 전수받은 이후 상급을 노크하고 있었다.

'조만간 초식의 운용에 관해서 자세하게 알려줘야겠군.'

자신이 마스터가 되면서 얻게 된 브레이브소드의 검로와 적과 싸우기 위해서 필연적으로 알아야 할 공간장악 능력에 관한 것만 알려주어도 상급은 바로 올라설 수 있었다.

"누구냐!"

기사단의 훈련을 지켜보는 것은 절대 해서는 안 될 금기사
항이었다. 그런데 군복을 걸친 젊은 청년이 지켜보는 것을 발
견한 기사 하나가 거칠게 음성을 토한 후 달려왔다.

"후후! 수고가 많군."

"헙! 여, 영주님을 뵙니다!"

달려온 청년 기사는 이안의 군복을 보고 단박에 그를 알아
보았다. 금색 수실을 달 수 있는 군인은 장군의 반열에 오른
자여야 했고 이안의 군복에는 찬란하게 빛나는 금색수실이
길게 늘어져 있었던 탓이었다.

"영주님께서 오셨다! 모두 동작 그만!"

이안을 발견한 기사는 기사의 군례를 취한 이후 곧장 훈련
에 매진하고 있는 다른 기사들에게 이안의 등장을 알렸다.

"충! 영주님을 뵙니다!"

"…환영합니다, 영주님!"

일제히 검을 멈추고 기사의 예를 갖추는 그들에게 가볍게,
그러나 무거운 마음을 담아 가슴을 한번 치는 것으로 예를 받
았다.

'기사 서임을 이렇게 하는 것이 조금 마음에 걸리기는 하
지만… 시간이 없으니 별 수 없지.'

이안은 모두가 모여드는 것을 보고 한쪽에 마련되어 있는
단상으로 올라갔다. 그러자 제니스가 급히 달려와 앞에 선 채

기사들을 정렬시켰다.

"모두 정렬하라!"

"명!"

기사단장이 젊은 제니스이기에 기사들 역시 나이가 젊은 사람들이 주를 이루고 있었다. 그나만 10여 명의 중년 기사들이 있었는데 그들은 젊은 기사들에게 없는 연륜과 통솔력을 기대하고 뽑은 자들이었다.

"모두 들어라!"

"명!"

"사흘 뒤 우리는 이 나라를 좀먹고 있는 매국노 레마겐 후작과 그 일당들을 정벌하러 떠난다."

"오오!"

젊은 기사들 역시 다아크 공작과 그 일당들이 얼마나 이 나라를 좀먹는 무리들인지 익히 알고 있었다.

그렇기에 적들의 수가 얼마나 많든 그런 것은 개의치 않았다. 그리고 이안과 함께라면 그 수가 얼마든지 이길 수 있다는 마음으로 임하고 있었다.

"그전에 나와 이 땅의 백성들을 위해 검을 들 자들에게 정식으로 기사 서임을 하려 한다!"

"우와아아아아아아!"

"먼저 제니스 단장은 앞으로 나오라!"

"충!"

제니스가 단상으로 올라가서 이안의 앞에 무릎을 꿇고 정중하게 고개를 숙였다.

스릉! 채앵!

날카로운 검명을 발하는 롱소드를 뽑아든 이안은 제니스의 머리 위에 검을 올려놓으면 말했다.

"나 락토르의 백작이자 검의 주인인 이안 폰 레이너에게 주어진 권한으로 제니스 경에게 남작의 작위를 하사하노라!"

"가, 감사합니다. 주군!"

제니스는 평민인 자신에게 기사만 해도 감지덕지한 판이었다. 그런데 남작의 작위를 하사받으니 세상이 온통 자신의 것인 듯한 기쁨을 느꼈다.

"와아! 축하합니다, 단장님!"

"한턱 쏘세요. 휘익!"

휘파람까지 불어대며 제니스를 축하하는 기사들은 자신들에게도 저렇게 멋진 수여식이 기다릴 거라 믿고 진심으로 축하를 해주었다.

"좋아. 제니스 남작이 이제부터 나를 도와주기 바란다."

"명을 받듭니다!"

제니스가 자리에서 일어나 이안의 옆에 서자 이안은 속삭이는 듯한 음성으로 물었다.

"저기 보이는 자들은 나이가 좀 있어 보이는데 이유를 알수 있겠나?"

나이가 있다는 것은 더 이상의 발전을 기대하기 어렵다는 점이 걸렸다. 비록 연륜과 통솔력이 필요한 기사단에 반드시 필요한 인력이겠지만 각기 장단점은 존재할 것이었다. 제니스가 뽑았으니 그의 생각을 듣고자 함이었다.

"미트랑 경과 엘본 경은 저도 상대하기 어려운 실력자입니다. 다른 8명도 저와 비슷하거나 반수 정도 뒤지는 실력들입니다. 그리고 오랜 시간 용병 기사로 활동하며 쌓은 전투에 대한 능력을 높이 샀습니다."

"용병 기사라… 그렇겠군."

기사가 서임을 받으면 주군을 위해 검을 드는 것이 보통이었다. 하지만 주군을 섬기지 않고 떠도는 방랑 기사들도 꽤 많았는데 그런 자들 가운데 전쟁을 따라다니며 자신의 실력을 키우려고 하는 자들이 보통 용병 기사가 되었다.

그들은 전쟁터를 전전하며 살아가던 자들답게 일반 기사들보다 월등히 실전 감각이 뛰어났다. 게다가 병력을 지휘하는 능력이 탁월한 탓에 힘 좀 있는 영주들은 용병 기사들을 많은 돈을 들여서 스카웃했다.

"저들을 부르게."

"예, 주군!"

제니스는 자신들보다 훨씬 선배인 용병 기사들을 향해 정중하게 청했다.

"미트랑 경과 엘본 경, 그리고 나머지 선배 기사분들은 영주님께로 나오시오!"

"명!"

40대의 텁석부리로 기사의 갑주가 아니라면 영락없이 산적이라고 불러도 될 만한 외향을 지닌 미트랑이 덩치에 맞는 투핸드소드를 든 채 이안의 앞으로 나섰다.

"미트랑 테네시입니다, 마스터!"

"엘본 로이넨입니다, 영주님!"

두 사람은 각기 성향대로 이안을 칭했다. 검에 대한 열정으로 똘똘 뭉친 미트랑은 마스터인 이안으로부터 검을 배우겠다는 일념을 가진 터라 마스터로 칭했다.

반면 새롭게 백성들을 위해서 모든 노력을 다하는 모습을 보여준 이안을 군주로서 따르기로 한 엘본은 영주로 칭하며 고개를 숙였다.

'상급의 실력을 가진 자들이다… 어떻게 이런 자들이 다른 영주들의 밑으로 들어가지 않았는지 의문이로군.'

생각은 그렇게 하지만 내심 흐뭇한 마음이었다. 실력을 가진 기사들이 자신의 밑으로 들어온다는 것만큼 기쁜 일은 드문 것이었다.

"나 이안 폰 레이너는 내게 주어진 권한으로 미트랑 테네시 경에게 준남작의 작위를 내리고 기사단의 부단장으로 임명하노라!"

"충! 제 목숨을 다해 제게 주어진 임무를 다하겠습니다!"

미트랑이 우직한 음성을 토해내며 고개를 숙이자 이안은 검으로 그의 머리와 어깨를 살짝 치며 예식을 끝냈다.

"엘본 로이넨 경에게 내게……."

계속된 예식을 통해 10명의 중년 기사들에게 준남작의 작위를 내리고 부단장과 조장이라는 직위를 하사했다. 그러자 젊은 청년 기사들은 환호성을 울리며 모두에게 축하의 말을 건넸다.


휘이이잉! 스스스스슷!

하늘 높이 날아가는 둥근 원반은 강철과 미스릴 합금으로 만들어져 파괴하기 무척이나 어렵게 만들어진 아이언핸드의 역작이었다.

'역시 드워프들의 솜씨는 대단하단 말이지.'

빛이 반사되어 적의 눈에 띄지 않도록 검게 칠해진 원반은 이안이 누울 수 있을 정도로 컸고 마법진이 무수히 새겨진 위쪽에는 총 4개의 최상급 마나석이 박혀 있었다.

인공 마나석이기에 아낌없이 쓸 수 있었지만 여분의 인공 마나석이 부족한 관계로 최대한 아껴서 사용해야 했다.

'어디 얼마나 모여 있나 볼까?'

이안은 공중에 떠서 유유히 움직이는 공중부양원반에 올라 아래를 살폈다. 어둠이 짙게 깔려 있다지만 횃불을 환하게 켜놓은 레마겐 후작과 영주군들의 진영은 멀리서도 쉽게 살필 수 있었다.

'흠… 이상하군… 숫자가 너무 적은데…….'

이안은 레마겐 후작군이 진을 치고 있는 레마겐 후작령의 동북쪽 평원을 살피며 고개를 살짝 가로저었다.

'분명 12만이 넘는 병력이 몰려 있다고 들었는데 이게 도대체 어떻게 된 영문이지?'

잘해야 3만 정도의 병력으로 보이는 군영을 보며 이안은 무슨 영문인지 이해가 가질 않았다. 영지전을 신청한 것은 자신이었고 공격을 가는 것도 자신의 군대가 출정을 하는 상황이었다. 그런데 수비에 나선 레마겐과 그 동조자들의 군대가 모여 있는 곳은 너무도 정보와는 다른 모습인 것이 걸렸다.

'이들이 노리는 바가 무엇인가? 아직 성도 제대로 축성되지 않은 내 영지를 노리는 것은 아닌데… 도대체 어디로 간 것이지?'

병력이 적어도 10만 정도가 사라졌다는 것은 상당히 중대한 사안이었다. 그 정도의 병력이라면 작은 왕국 정도는 그야 말로 찜 쪄 먹고도 남을 병력이기 때문이었다.

왕국 중에서는 국력이 강하다고 자부하는 락토르도 정규
군의 수가 30만이었고 영주군을 다 합치면 60만에 달하는 병
력이 되는 것이었다. 그중에서 10만의 병력이 오리무중이라
면 자칫 반란이 일어나도 막을 수 없는 사태가 벌어질 수도
있었다.

'설마… 다아크 공작 그 자가 노리는 것이 지금이라는 뜻
인가? 이런… 젠장할!'

이안은 영지전은 그저 다아크 공작이 왕성을 치기 위해서
허락한 눈속임용일지도 모른다는 사실에 경악했다. 그리고
각 지역을 휩쓸고 있는 역병은 다아크 공작이 로크 제국의 개
입을 위해 만들어 놓은 명분일 가능성이 농후하다고 판단했
다.

'최대한 빠르게 치고 여단으로 복귀해야 한다. 그 길만이
만약의 사태에 대비할 수 있다.'

이안은 심하게 요동치는 심장을 달래며 적정을 빠짐없이
관찰했다. 그리고 가장 중요한 포인트 몇 곳에 만들어 온 마
법진이 집약된 원반을 보이지 않도록 살짝 파묻었다.


후웅! 파츠츠츠측!

거대한 공간의 문이 열리자 이안은 뒤에 도열하고 있는 1만

의 중기병들을 향해 검을 뽑아 들었다.

"지금부터 역적 레마겐의 목을 베기 위해 출정한다! 전군 나를 따라 워프 게이트로!"

"추웅! 와아아아아아!"

일만에 달하는 기병들이 일사분란하게 말을 몰아 마나로 이루어진 공간의 문으로 속속 들어갔다.

그러자 공간의 비틀린 틈을 빠져나가 반대쪽에 생성된 워프게이트를 통과했다.

"시간이 없다! 빨리 대오를 정돈하고 전투태세를 갖춰라!"

"명을 받듭니다!"

제니스 남작을 비롯한 기사들이 빠져나오는 기병들을 통솔하여 빠르게 대오를 갖췄다. 1만에 달하는 기병들인 탓에 빠져나와서 군진을 형성하는 것에만 10분이 넘는 시간이 소모되었다. 그래도 엄청나게 빠른 것이라 그들이 평소에 받은 훈련이 어느 정도였는지 짐작할 수 있게 했다.

"주군! 적진에서 사자가 옵니다."

제니스가 적진에서 백기를 들고 달려오는 기마를 보며 말했다. 레마겐 후작은 이안의 군대가 갑자기 나타난 것에 상당히 놀란 모습을 보였고 그것은 적진의 움직임에서 고스란히 드러나고 있었다.

"이안 폰 레이너 백작님을 뵙니다."

"무슨 일로 왔나?"

"내일 정오에 싸움을 하자는 말씀을 전하라고 하십니다. 오느라 피곤할 것이니 정정당당하게 겨루기를 원한다는 말씀도 전하라 하셨습니다."

"후후! 신경 써준 것은 고마우나 전투는 바로 시작하자고 전하라."

"그것이… 영지전의 감독관으로 임명받으신 다아크 공작 각하께서 아직 도착하지 않으셨습니다. 내일 정오 쯤에는 도착하신다고 해서서 말입니다."

"감독관은 필요 없다. 나는 여기 있는 기병대가 전부이고 네놈들이 어떤 수단을 사용하더라도 상관하지 않겠다. 그리고 전투는 모두 마법영상으로 찍어둘 것이니 염려할 것 없다고 전하라."

"아, 알겠습니다. 그럼!"

전령이 서둘러 돌아가자 이안은 제니스와 기사들에게 손짓하며 바짝 긴장하라는 신호를 보냈다.

둥둥! 둥둥! 둥둥! 둥둥!

레마겐 후작의 진영에서 북소리가 요란하게 울렸다.

진군을 알리는 북소리로 전원이 기병으로 이루어진 이안의 일자진에 맞서서 두 무리의 기병들이 좌우측으로 빠져나가는 모습도 관측되었다.

'보병과 궁병으로 상대하고 기병은 우회하여 뒤를 치겠다? 전형적인 전투법이기는 하다만……'

레마겐이 사용하는 전투방식은 가장 고전적이고 일반적인 방법이었다. 기병으로 이루어진 이안의 기병대가 적진을 향해서 돌진하면 궁병으로 피해를 입히고 장창으로 이루어진 보병대가 기병대를 막는 방식이었다.

그러는 동안 기병대는 우회하여 뒤쪽으로 돌아가서 피해를 입고 지친 적기병대의 후미를 부수며 들어오는 방식이었다.

'그렇다면 조금 놀아주는 척을 해볼까?'

이안은 빙그레 미소를 지으며 검을 뽑아들었다. 그리고 적진을 향해 검을 겨누며 우렁찬 외침을 토해냈다.

"전군 나를 따르라! 돌격!"

"돌격! 돌격하라!"

"우와아아아아아아!"

1만여 기의 기마가 일제히 앞으로 내달리며 내는 굉음이 전장을 요란하게 뒤흔들었다.

"제니스!"

"하명하십시오."

"일군을 이끌고 좌측으로 돌아가라! 적의 기병대를 공격하도록!"

"명을 받듭니다. 3, 4연대는 나를 따르라!"

"와아아아아!"

두 개 연대로 이루어진 기병대를 이끌고 제니스가 좌측으로 기수를 틀자 이안도 남은 기병대를 이끌고 우측으로 방향을 틀었다.

빠앙! 빠앙! 빠앙! 빠아앙!

기병대에게 퇴각을 알리는 뿔고동 소리가 적진에서 울렸다. 기병대끼리 부딪히는 전투에서는 정예군으로 이루어진 이안의 기병대를 이기지 못할 거라는 판단에 회군 명령을 내린 모양이었다.

'훗! 그렇게 나오시겠다… 철저하게 방어전략으로 나온다면 방법이야 또 있지.'

이안은 미리 준비해 둔 방법을 철저하게 써먹을 요량으로 신호음을 울리게 했다. 그러자 좌측으로 가던 제니스의 기병대가 크게 원을 그리며 원래 있던 곳으로 돌아왔다.

"주군, 어떻게 하시겠습니까? 저들은 군진을 벗어나려 하지 않는데 말입니다."

철저하게 기병대에 맞춰진 군진을 짜고 있는 탓에 무턱대고 돌격하다가는 병력을 크게 잃어야 할 판이었다. 그것을 걱정하는 그에게 이안은 빙긋 미소 지으며 말했다.

"걱정 말도록. 나오지 않는다면 나오게 하면 그만이니."

"네? 방법이 있으십니까?"

"물론이지. 가서 담력이 큰 기사로 열 명을 데리고 오게."

"아, 알겠습니다."

담력이 큰 자를 뽑아오라는 말에 제니스는 평소에 눈여겨 보아두었던 젊은 기사 열 명을 데리고 돌아왔다.

"이들입니다, 주군!"

"흠… 좋군."

이안은 말에서 내리며 아공간 주머니에서 기존의 아레나의 던전에서 사용하는 공중부양원반을 꺼냈다.

"소환!"

후웅! 처처척!

공중부양원반이 모습을 드러내자 기사들은 호기심에 가득한 시선으로 원반을 살폈다.

"이게 뭡니까?"

"후후! 공중부양원반이다. 말이 달리는 속도보다 두 배 정도 빠르게 움직이는 아티팩트지."

"아… 그, 그렇군요."

떨떠름한 반응을 보이는 제니스에게 이안은 보여주기라도 하듯이 원반에 올라탔다.

"기동!"

후웅! 휘류류류류류룻!

무척이나 빠르게 움직이는 원반은 물 위를 떠가는 배처럼 자유롭게 지면을 유영했다.

"와아… 엄청 재미있겠습니다, 주군!"

직접 보자 공중부양원반의 기능성에 눈을 뜬 제니스는 자신도 타보고 싶다는 열의를 두 눈 가득 드러냈다.

"이걸 타고 적진 앞으로 쳐들어가 마법스크롤을 날리는 것이 제군들의 임무다. 담이 적어 허둥거리다가 자칫 떨어지면 그대로 죽는 거라는 것쯤은 모두 알 것이니 자신 있는 사람만 자원하도록!"

이안의 말에 기사들은 서로의 눈치를 보다가 이내 일제히 손을 들었다. 저런 신기한 아티팩트를 타고 적진을 누비는 것도 나쁘지는 않다는 것이 그들의 생각이었다.

'후후! 마법스크롤을 만들어 두길 잘했지.'

이안은 자원한 기사들에게 10장씩의 마법스크롤을 나눠주었다. 그리고 안전을 위해 원반의 사방에 강철 방패를 달아 적의 공격을 막아낼 수 있도록 한 후에 적진으로 보냈다.

# 11장

마력을 드러냈군

공중부양원반은 지름이 2미터 정도로 사람 한 명이 누워도
될 정도로 넉넉한 크기였다. 특별히 이번 싸움을 위해 둥근
테두리에 타원형의 방패를 직각으로 끼울 수 있도록 고안되
어 안전에 만전을 기했다.

"반원형의 수정구에 손을 댄 채 어떻게 움직일지 명령을
하면 그대로 움직인다. 질문 있는 사람?"

"공중으로 얼마나 높이 올라갈 수 있는 겁니까?"

기사 한 명이 호기심 가득한 눈으로 묻자 이안은 고개를 가
로 저었다.

"나도 모른다. 얼마나 높게 올라갈 수 있는지는 말이야. 왜
냐면 해본 적이 없거든. 후후후!"

"오… 저 그럼 지금 해봐도 되겠습니까?"

하늘을 나는 것은 인간이라면 누구나 꿈꾸는 일이었다. 제
국의 황제들이나 탈 수 있는 공중부양선이 있기는 했지만 일
반적인 사람들은 꿈도 꿀 수 없는 노릇인 것이다.

그런데 이렇게 재미있는 장난감이 눈앞에서 둥둥 떠 있으
니 전쟁이라는 것도 잊은 채 그런 말을 하는 거였다.

"후후! 나중에 얼마든지 하게 해줄 것이니 지금은 전투에
집중하도록!"

"네? 네… 알겠습니다!"

기사들은 나중에 얼마든지 해주겠다는 말에 아쉬움을 달
래며 공중부양원반에 올라탔다.

"수정구에 손을 대고 나를 따라서 외쳐라!"

"넵!"

10명의 기사들과 이안까지 총 11대의 원반에 올라탄 사람
들이 이안의 선창을 시작으로 구동어를 외쳤다.

"마나코어 온!"

"마나코어 온!"

후웅! 지이이이잉!

바닥에 내려앉아 있던 원반들까지 두둥실 공중으로 떠올

랐다. 그러자 이안이 마지막 명령어를 외치며 앞으로 쏘아져
나갔다.

"급속기동! 북동쪽 30도!"

후앙! 쎄에에에엑!

"우와아아아아아!"

말이 달리는 속도보다 족히 두 배는 더 빠르게 쏘아져 나가
는 것에 기사들은 속도감을 느끼며 괴성을 질렀다.

11대의 원반이 적진을 향해 쏘아져 나가자 아군은 함성을
내지르며 동료들의 승리를 기원했고 반대로 적진에서는 놀란
모습으로 발을 동동 굴렀다.

'방어진이 얼마나 무력한 것인지 보여주마. 후후!'

이안은 적진에서 쏟아진 화살세례와 마법들을 생각하여
안티매직 마법진을 활성화시켰다. 최상급의 인공 마나석이
있으니 고위급 마법사가 날리는 마법이라고 해도 충분히 버
텨줄 것이었다.

쉬이이이이잉!

바람을 가르며 날아가는 동안 이안은 마법을 캐스팅했다.

메모라이즈 해놓은 마법들은 위급한 순간에 사용해야 하
니 시간이 걸리는 마법을 초반에 쓰는 것이 효율적이었다.

"마나의 의지여 나의 의지를 따라… 파이어 스톰!"

후우웅! 화르르르르륵!

마나가 마법에 의해 화염으로 바뀌고 점점 거대해진 화염의 폭풍이 되어 적진을 덮쳐갔다.

"으아아! 피, 피해라!"

"쏴라! 쏴! 죽여야 한다!"

"죽어라, 이놈!"

화염의 폭풍에 휩쓸려 죽어가는 병사들과 그들을 보며 안타까움에 발을 동동 구르던 병사들이 사정거리 안으로 들어서자 미친 듯이 활을 쏘아댔다.

'훗! 그 정도로는 어림도 없지.'

이안이 선두에서 오러로 막을 씌운 채 달리고 모든 공격이 집중되자 뒤를 따르던 기사들은 일제히 스크롤을 찢었다.

"파이어 볼! 파이어 볼!"

"이거나 먹어라! 윈드 크래쉬!"

후우웅! 화르륵! 쎄에에엥!

화염의 폭발이 연쇄적으로 일어나고 그 화염이 터진 자리에 또다시 바람의 폭발이 일어났다. 그러자 상승작용을 일으켜 더욱 거대한 화염이 적진을 무너뜨려갔다.

"으아아악!"

"사, 살려줘… 으아악! 뜨거워!"

비명을 지르며 죽어나가는 병사들을 보고도 여전히 병진을 유지하라고 외치는 지휘부로 인해 레마겐 후작진영은 점점 아수라장으로 변해갔다.

"비켜라! 마법병단이 나선다!"

"아아… 이제 살았다……."

병사들은 마법병단이 나선다는 말에 안도의 숨을 내쉬었다.

로이건 자작이 빠져나갔어도 20여 명이 넘는 마법사들이 남아 있었고 그들이 모두 이안과 원반을 탄 기사들을 잡기 위해 나섰다.

"저 원반부터 처리한다! 마나웹!"

"나의 적을 속박하라, 바인딩!"

온갖 마법들이 원반을 향해 날아들었다. 하나같이 마나로 만들어진 그물이거나 밧줄로 묶는 마법들이었다.

"어림없는 수작! 트리플 파이어 랜스!"

파츠츠츳! 쎄에에엑!

마나의 그물이 덮쳤지만 푸르스름한 마나의 막이 그 그물을 갈기갈기 찢으며 거침없이 횡으로 이동해 나갔다. 그러면서 또다시 마법이 날아가 적진을 유린하자 마법사들은 경악을 금치 못했다.

"아, 안 되겠군… 공격마법으로 요격한다. 라이트닝 스피어!"

"…플래임 스트라이크!"

마법사들이 모든 마법을 집중하여 이안의 원반을 향해 날렸다. 5클래스 급의 마법은 상당한 위력을 내포한 것으로 그것이 집중되자 강력한 마법방어를 지닌 원반도 움직임이 느려질 정도였다.

'이건 좀 과하군.'

9클래스의 대마법사가 만들었다고 해도 대마법사 본인이 아닌 이상 타격은 입게 마련이었다. 그것이 누적된다면 아무리 대단한 아티팩트라고 해도 망가지는 것은 필연인 것이다.

"오러 디펜스!"

쉬쉬쉬쉬쉿! 후아아아앙!

공중에서 무섭게 움직이기 시작한 이안의 검이 오러의 막을 만들어 원반을 둥글게 감쌌다.

'내가 막는 동안 타격을 좀 입혀야 하는데……'

이 싸움은 누가 먼저 움직이느냐에 따라 달라지게 되어 있었다.

레마겐 후작군은 고작해야 2만이 넘는 수준의 영지병이었고 결코 선공을 취하지 않고 시간을 끄는 것으로 이안의 발목을 잡고 있으려는 수작이었다.

그것을 눈치챈 이안은 저들이 먼저 군진을 깨고 나오기를 바라며 최대한 신경을 건드리는 작전을 펼쳤다.

'병력을 소모해서는 안 된다… 이 상황이라면 분명 로크

제국의 침공이 있을 것이니.'

로크 제국이 제국 차원에서 침공하지 않는다 해도 그들이 가진 병력의 수는 물경 200만을 넘어서는 어마어마한 단위였다.

영주들이 거느린 사병까지 합한다면 300만도 넘을 것은 분명할 사실.

그들의 일부가 쳐들어온다고 해도 락토르 왕국은 국가의 명운을 걸고 싸워야 하는 상황인 것이다.

퍼펑! 퍼퍼퍼퍼퍼펑!

오러의 막 위로 떨어져 내리는 무시무시한 마법의 폭발로 인해 원반이 이리저리 휩쓸리며 움직였다.

'크옷… 빌어먹을 새끼들…….'

아무리 성인군자라고 해도 자신을 죽이려고 하는데 좋은 말이 나올 수는 없을 것이었다.

이안은 자신도 모르게 욕지기를 터뜨리며 원반의 운전에 집중했다.

'최대한 회피기동을 하다 한방을 노린다!'

이안은 초인적인 감각을 발휘하여 마법이 날아오는 것을 감지했다. 그러자 화살과 함께 날아드는 수많은 공격들을 피해 미꾸라지처럼 움직였다.

후웅! 휘릭! 츠츠츠츠츳!

공중에서 한 바퀴 회전하며 공격을 피해낸 후 또다시 반대로 회전하는 등의 움직임으로 적들의 혼을 쏙 빼놓았다.

'이 정도라면……'

이안은 롱소드에 마나를 집중시켰다. 단 한 방으로 자신을 노리는 적들에게 두려움을 각인시켜줄 생각이었다.

"받아랏, 오러뷰렛!"

후웅! 쎄에에에에에엑!

1미터가 넘는 오러가 검의 형상을 띤 채 그대로 롱소드에서 쏘아져 나갔다.

거리는 그리 멀지 않았지만 날아가면서 점점 오러의 형태가 넓게 퍼졌다.

색깔이 옅어지는 것으로 보아 오러의 밀도가 퍼지면서 약해지고 있음을 알 수 있었다.

"헉! 마, 막앗!"

"매, 매직 배리어!"

마법사들은 자신들을 노리고 날아드는 오러의 검을 보고 급히 마법으로 방어막을 만들었지만 마법이 발동되기 전에 오러의 검이 자신들을 덮쳐왔다.

콰드드드드드드드둥!

아무리 옅어졌다고 해도 오러는 오러였다. 걸리는 것들을 그대로 부수고 지나가는 오러의 검은 마지막 순간 화려한 폭발을 일으키며 주변을 산산조각 내버렸다.

"으으… 사, 살았다……."

"괴, 괴물……."

오러뷰렛으로 마법사 10여 명과 주변을 지키던 병사들 수십 명을 한 번에 날려 버리자 레마겐 후작 진영은 공포에 질려갔다.

"흐흐! 애송이가 제법 날 뛰는군."

"언제까지 구경만 해야 하는 거요?"

레마겐 후작이 군진의 후미 높은 단 위에서 이안이 싸우는 모습을 지켜보고 있었다. 그의 양옆에는 다아크 공작이 보낸 헤르덴과 크리스토퍼 대공이 지원해 준 또 한 명의 마스터인 휘버 후작이 팔짱을 끼고 있었다.

"지금 나가도 될 거 같지 않은가?"

휘버 후작은 자신과 같은 마스터라고 해도 충분히 제압할 수 있는 정도의 수준이라 판단했다. 그리고 망나니처럼 생긴 헤르덴과 함께 싸워야 한다는 점도 마음에 들지 않았다.

"다아크 공작 각하께서 절대 도망갈 수 없도록 만들어야 한다고 하셨소. 그것 때문에 이렇게 당하면서도 참고 있는 것이고 말이요."

레마겐은 휘버 후작에게 참아달라는 말을 그렇게 돌려서

해야 했다.

같은 후작이라고 해도 제국의 후작은 왕국의 공작과 동급이었으니 자신보다 한 등급 윗사람이기 때문이었다.

"아니 저자는 절대 도망갈 수 없네. 그러니 두고 보게."

"하지만……."

"가지!"

"흐흐! 듣던 중 반가운 소립니다. 크크크!"

휘버 후작은 더 이상의 반론은 용납지 않겠다는 듯이 강인한 기세를 드러내며 이안이 설치고 있는 곳으로 말을 몰아갔다.

"비켜라! 다친다!"

"이크!"

병사들이 분분히 옆으로 비켜서고 썰물처럼 갈라지는 길을 통해 두 명의 마스터는 이안이 타고 있는 원반을 노리고 미친 듯이 달려 나갔다.

"내가 주공을 맡는다. 자네는 퇴로를 끊게."

"쿵! 내가 주공을 맡는 게 어떻겠수? 저깟 애송이쯤은 나 혼자서도 충분한데 말이유."

헤르덴은 거친 성정의 소유자답게 휘버 후작에게 무례한 언사를 토해내며 자신이 나서겠다고 주장했다. 그러나 휘버 후작은 헤르덴의 실력으로는 이안을 잡을 수 없다는 것을 알고 있었다.

"명을 따르라!"

"흑……."

헤르덴은 강력한 살기가 덮쳐오자 정신이 번쩍 들었다. 마스터에 오르며 확장된 의지력과 신체적인 능력을 월등하게 뛰어넘는 휘버 후작의 지독한 기세에 밀린 것이다.

"아, 알겠소……."

자신보다 훨씬 윗줄의 마스터라는 것을 그제야 느낀 헤르덴은 믿을 수 없다는 듯한 눈빛으로 분기를 참아야 했다.

"으득……."

"크크! 오기를 부리는 것은 나중에 하거라. 지금은 저 애송이를 잡는 것이 중요하다."

"알겠습니다."

휘버 후작은 헤르덴이 꼬리를 내리자 만족한 듯 살짝 미소를 지어 보인 후 다시 말을 몰아 이안에게 달려 나갔다.


"응? 이 기운은……."

이안은 강력한 기세가 적진에서 터져 나오는 것에 적이 놀랐다.

적어도 마스터 급의 기사가 터뜨리는 살기였고 그 기운이 수백 미터 밖에 있는 자신에게까지 미칠 정도라면 대륙에서 손에 꼽힐 정도로 강력한 마스터라는 뜻이었다.

'이런……'

이안은 일단 원반을 타고 종횡무진 누비고 있는 기사들부터 퇴각시키기로 결정했다.

"전원 퇴각하라! 퇴각!"

이안이 마나를 실어 외치자 마스터의 기세를 느꼈던 다른 기사들도 재빠르게 원반의 방향을 틀어 퇴각하기 시작했다.

'어디 어떤 놈들인지 보기는 해야겠지?'

이미 아레나의 던전에 두 명의 마스터가 감금되어 있었고 헥토르 후작과도 겨뤄봤던 터라 자신의 실력에 충분한 자신감을 가지고 있었다.

'내가 도망가려고 한다면… 그 누구도 나를 잡을 수 없다.'

이안의 자신감은 절대 패하지 않을 자신감이었다. 이긴다고는 하지 못해도 절대지지 않을 수 있다면 그것만으로도 싸워볼 만하다는 것이었다.

'저들인가? 하나는 하수고… 다른 하나는… 강자다!'

이안은 산적처럼 생긴 헤르덴을 보고 확실히 자신보다 아래라는 것을 알아보았다. 그러나 휘버 후작을 보자 자신이 상대하기 어려운 고수라는 것을 한눈에 보고 알아볼 수 있었다.

'아까의 살기가 아니라면 마스터라는 것도 알아볼 수 없는 평범한 모습이라니……'

마스터라면 은연중에 드러나는 기세라는 것이 있는데 그 것을 완벽하게 지운 상태였다.

헤르덴의 기운이 사방을 압박하는 것과는 전혀 딴판의 모 습인데 그것이 오히려 더 무서움을 자아내는 것이었다.

"나는 휘버 후작이다! 나의 검을 받을 용의가 있느냐!"

강한 일갈을 터뜨리며 미친 듯이 질주해 오는 휘버 후작을 보며 이안은 자신의 검으로 휘버 후작을 겨눈 채 대답했다.

"나 락토르의 백작이자 장군인 이안 레이너는 그 누구의 도전도 피하지 않는다. 오라!"

"좋군! 그럼 간다!"

"하앗! 이랴!"

두 사람의 마스터가 쇄도해 들어오자 이안은 원반을 아공 간 가방으로 역소환시킨 후 제자리에서 두 사람을 기다렸다.

'한번 실력을 볼까?'

이안은 자신이 익힌 최고의 검술로 두 사람의 실력을 가늠 해볼 생각이었다. 아직은 두 사람을 한번에 상대할 실력은 아 니라지만 할 수 있는 만큼은 해보자는 생각이었다.

"흐읍!"

호흡을 길게 들이마신 이안은 지금까지 자신이 수련해 왔 던 검의 뜻을 하나로 모아갔다.

후웅! 지지지지징!

길게 피어오르는 오러가 커다란 검의 형상으로 만들어지며 진한 울음을 토해냈다.

'이것에 내가 익혀낸 검의 모든 것이다… 보아라, 이것에 나의 검이니!'

이안은 감았던 눈을 번쩍 뜨고 달려오는 두 사람의 마스터를 향해 마주쳐 나가기 시작했다.

"받아라! 브레이브소드 12식 디스트로이어!"

후앙! 쎄에에에에에엑!

세상을 모두 부술 것처럼 강렬한 일격이 이안의 검에서 뻗어나갔다.

주변의 공기마저 불태워가며 날아가는 이안의 검세가 거대한 산악마저 부술 듯이 춤을 추기 시작하자 휘버 후작과 헤르덴은 감히 경시하지 못하고 자신들이 익힌 최고의 검술을 펼쳐냈다.

콰쾅! 콰콰콰콰콰콰쾅!

오러와 오러가 충돌하자 거센 오러의 파편이 사방으로 퍼져 나갔다. 눈으로 보지도 못할 스피드로 종과 횡으로 검을 쳐내는 세 사람의 공방은 오직 세 줄기의 오러의 검이 격돌하는 것만 모두에게 보였다.

'역시 대단하구나.'

헤르덴은 그다지 위협적이지 않았다. 언제든 피해내고 역공할 수 있는 정도의 수준이었지만 휘버 후작은 달라도 너무 달랐다.

수세에 몰리면 다시 기회를 잡기가 너무도 어려울 정도로 빠르고 강했다.

'별 수 없지……'

이안은 검으로 대결하는 중에 마법을 쓰는 것이 조금은 걸렸으나 별 수 없었다.

어차피 지금 적들은 둘이서 자신을 합공하는 것이니 거리낄 이유가 없었다.

"어스퀘이크! 바인딩 웹!"

후웅! 휘류룻! 콰지지직!

마법까지 사용하여 이리저리 빠져나가며 반격하는 이안의 몸놀림에 휘버 후작은 점점 더 재미있다는 표정을 얼굴 가득 지었다. 그에 반해 헤르덴은 분해 죽겠다는 듯이 거칠게 소리쳤다.

"비겁한 새끼… 이거나 처먹어라! 하압!"

어스퀘이크로 인해 지면이 흔들리며 균형을 잡기 어려운 와중에 독하게 마음먹고 공중으로 도약했다. 그리고 동귀어진이라도 하자는 듯이 수비를 배제한 온통 살인을 위한 검술이 펼쳐졌다.

"이크!"

이안은 헤르덴의 분노의 일검을 피하기 위해 뒤로 사정없이 물러났다.

헤르덴의 공세는 별거 아니지만 그걸 막으려고 힘을 집중하면 독사처럼 자신을 노리고 있는 휘버 후작의 검이 매섭게 자신을 들이칠 것임을 아는 까닭이었다.

두둥! 둥! 두둥! 둥!

'뭐지? 갑자기 퇴각을 알리는 북소리라니……'

명령권은 오로지 자신에게 있었기에 퇴각을 알리는 북소리를 울릴 사람이 없었다.

그럼에도 그랬다는 것은 뭔가 커다란 일이 일어났다는 의미였고 이렇게 드잡이질을 하는 것이 중요한 것이 아니라는 뜻이었다.

"퇴각하라는군… 나중에 또 보지! 받아랏!"

이안은 강하게 오러뷰렛을 쏘아내며 두 사람의 움직임을 봉쇄했다. 그리고 곧장 지면을 박차고 공중으로 날아오른 그는 플라이 마법을 사용하여 싸움터를 벗어났다.

"이런 개 같은 자식……"

"으득… 마법사는 이래서 곤란해… 크큭! 그래도 간만에 재미있게 싸웠군."

두 사람이 허탈해하며 욕지기를 터뜨리는 동안 이안은 신속하게 물러나 자신의 진영으로 되돌아 왔다.

"주군! 이걸 보십시오."

되돌아 온 이안은 제니스가 한 장의 서신을 들고 있다가 내미는 것에 얼른 서신을 낚아챘다.

"어디… 으음……."

서신을 읽어내려 갈수록 이안의 얼굴 표정은 시시각각 변화를 일으켰다. 분노와 울분, 그리고 반드시 이겨내고 말겠다는 굳은 결의에 찬 표정까지 차례차례 변화해 나갔다.

"어떻게 하시겠습니까?"

"오늘 밤 안으로 결착을 짓는다. 그러니 모두 내가 준비한 대로 움직이면 된다, 알겠나?"

"충! 주군의 뜻대로 따르겠습니다."

제니스와 기사들이 일제히 기사의 예를 취하며 외치자 이안은 자신이 읽었던 서신을 거칠게 구기며 손을 움켜쥐었다.

다아크 공작과 그를 따르는 귀족군이 마계소환을 하려고 한 중대 범죄를 저지른 국왕을 징치한다는 명분을 내세워 왕성으로 진격 중. 더불어 로크 제국을 마계의 힘을 빌어 치려한 락토르를 신의 뜻으로 벌하겠다며 크리스토퍼 대공이 특수 7군단과 따르는 세력을 이끌고 국경을 넘었음. 이에 조속히 회군바람. ―샐리―

말도 안 되는 명분이지만 이미 역병이 전 국토를 휩쓸고 있었고 그것이 마계소환을 위한 것이라는 소문이 퍼져 나간 후였다. 명분은 충분했으니 그 어떤 나라도 락토르를 위해 힘을 써주지 않을 것이었다.

'개자식들… 10만이 어디로 갔나 했더니 왕성을 치러 간 거였나? 후훗! 다아크 공작… 반드시 내 손으로 죽이고 만다.'

이안은 왕성을 향해 미친 듯이 진군하고 있을 다아크 공작과 국경을 넘어서 전쟁을 시작한 크리스토퍼 대공의 병력을 향해 거침없는 분노의 눈빛을 토해내고 있었다.

『이안 레이너』 7권에 계속…

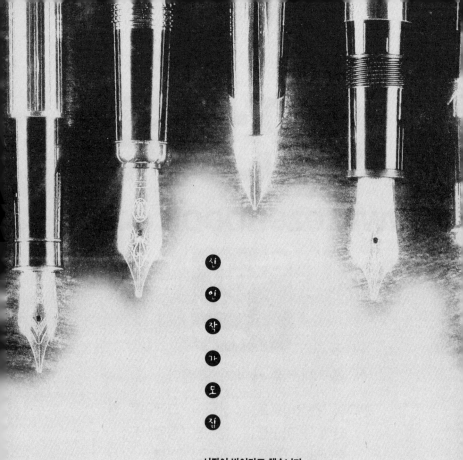

신
인
작
가
모
집

시작이 반이라고 했습니다.
작가의 길에 대한 보이지 않는 벽을 과감히 깨뜨리십시오!
청어람은 작가 지망생 여러분들의
멋진 방향타가 되어드리겠습니다.

저희 도서출판 청어람에서는
소설 신인 작가분들을 모집합니다.
판타지와 무협을 사랑하시는 분들의 많은 참여를 바랍니다.
소정의 원고(A4용지 150매)를 메일이나 우편으로 보내주시면
검토 후 출판 여부를 알려드리겠습니다.

**주소:**경기도 부천시 원미구 심곡2동 163-2 서경B/D 2F 우편번호 420-822
**TEL:**032-656-4452 · **FAX:**032-656-4453
http://**www.chungeoram.com**
**e-mail:**chungeoram@chungeoram.com

# 말년병장

# 이등병되다!

**에바트리체 장편 소설**

FUSION FANTASTIC STORY

대한민국 남자라면 알고 있을 바로 그 이야기!

## 『말년병장, 이등병 되다!』

전역을 코앞에 둔 말년병장, 이도훈.
꼬장의 신이라 불리던 그가 갑자기 훈련병이 되었다?!

### "…이런 X같은 곳이 다 있나!"

## 전우애 넘치는 군인들의
## 좌충우돌 리얼 군대 이야기!

Book Publishing CHUNGEORAM

유행이 아닌 자유추구 —
WWW.chungeoram.com

# FANATICISM HUNTER

# 광신사냥꾼

## 류승현 판타지 장편 소설

FANTASY FRONTIER SPIRIT

「블레이드 미스터」의 류승현 작가가 펼쳐내는
판타지의 새로운 신화!

마도대전을 승리로 이끈 유리언 대륙의 영웅,
최강의 아크 메이지 제온!

그러나 '세상의 섭리'에 아내와 아이를 빼앗기는데…….

『광신사냥꾼』

만약 그것이 정말로 세상의 섭리라면,
그마저도 무너뜨리고 말리라!

복수를 위한 제온의 위대한 여정이 시작된다!

Book Publishing CHUNGEORAM

유행이 아닌 자유추구 -
WWW.chungeoram.com

# LORD

FANTASY FRONTIER SPIRIT

# 영주 레이샤드

# RAY SHADE

### 한승현 판타지 장편소설

저주받은 영지 아베론의 영주 레이샤드.
**열다섯 번째 생일날,
정체불명의 열쇠가 그의 운명을 바꾸었다!**

## 『영주 레이샤드』

시험의 궁을 여는 자, 원하는 것을 얻으리니!
시련을 극복하고 새로운 땅의 주인이 되어라!

### 레이샤드의 일대기가 시작된다!

Book Publishing CHUNGEORAM